講談社文庫

近いはずの人

小野寺史宜

講談社

目次

近いはずの人

後退の九月

長い下りエスカレーターに乗る。下まできれいに誰もいないが、歩かない。足を乗せた段の左寄りに立ち止まり、地下深くへとおとなしく運ばれていく。深く深く、ただ沈んでいく。

傾斜がなだらかになる最後の数段さえ歩かずにエスカレーターを降りると、続いて現れた階段を、しかたなく自力で下る。膝《ひざ》が衝撃をうまく吸収しない。一段下るごとに、体がガクガク揺《ゆ》れる。自分が木の人形に思える。

ようやくたどり着いた東京駅の京葉《けいよう》線地下ホームで、その日の最終快速電車に乗る。最終といっても、快速が一足先に終わるだけだから、時間は遅くない。二十二時台。

始発であり、自身、列の先頭に並びもしたので、七人掛けの座席の端《はし》に座ることができた。空《す》いているなら、いつも端に座る。ただし、途中で空《あ》いたからといって、一つ隣から移ったりはしない。他人がそうするのを見ると、浅ましいように感じる。

発車までは十分以上ある。無意味にケータイをいじったりはせずに目を閉じる。両手は腿《もも》の上で組み合わせる。立っていようと座っていようと痴漢《ちかん》行為などしませんよ。ほら、手をこうしてるからできませんよ。そんな意思を、誰にということもなく明示する。

すぐ前に人に立たれた気配を感じ、目を開ける。まだ座れるのにな、と思いつつ、無造作《むぞうさ》に視線を上げる。

右手で手すりをつかんでこちらを見下ろしている女性と目がばっちり合う。気まずさのあまり、すかさず視線を下げ、再び目を閉じる。

五秒が過ぎ、十秒も過ぎる。

「気づかないんだ」とその女性が言う。観察結果の確認に質問が少し混ざった感じ。語尾にクエスチョンマークまではつかない。

再び目を開けて視線を上げ、今度は顔をよく見る。自分と歳が近そうな女性。きれいかきれいでないかで言えば、きれい。知っている。が、誰だろう。

「荒井《あらい》」と口から言葉が出る。そのままだと呼び捨てになってしまうので、続ける。「えーと、幹恵《みきえ》、さん?」

イエスかノーかの返事は端折《はしょ》って、女性は言う。

「あ、わかったね。忘れてはいたけど思いだした。そんな感じかな」

まさにその感じ。よく下の名前まで思いだせたと思う。

「わたしは北野《きたの》くんだってすぐにわかったよ。久しぶり」

「どうも」

「今、仕事帰り？」

「そう」

僕の右隣に座っていた男性が、無言ながら席を立ち、手すりを挟《はさ》んだ一つ隣に移ってくれる。

「すいません。ありがとうございます」と礼を言い、荒井幹恵が空いたその位置に座る。

顔を見ながら話をしなくて済んだことに安堵《あんど》する。自分が立たなくて済んだことにも安堵する。

「いつもこの電車？」と訊《き》かれ、

「時間は決まってないけどね」と答える。

「実家に住んでるとか？」

「いや。そこは通過」

「じゃあ、どこに？」

「みつば」

「結婚してってこと？」

「一応」

「買ったの？　家」

「買ってはいない。賃貸《ちんたい》」

「マンションだ？」

「そう」

「あの辺も、買うと高いもんね」

「みたいね」

「わたしはまだ新浦安《しんうらやす》。同じく実家ではないけど。海に近い方で、もちろん、賃貸。ちなみに、結婚はしてない」

「へぇ」

「興味なさそう」と幹恵は笑う。

興味がないと言うのは失礼だし、あると言うのは変だ。だから何も言わない。そんなやりとりを、少し億劫《おっくう》にも感じる。

奥さんはどんな人？　どこで知り合ったの？　そんなことを訊かれたらいやだな、と思う。訊かれたら、そういうのはいいよ、と言ってしまおうと決めた。

訊かれなかった。

「でもほんと、久しぶりだよね。高校卒業以来だから、えーと、十四年ぶりってこと？」

面倒なので、自分で計算はせずに言う。

「たぶん」

そして、あれこれ訊かれる前にこちらから訊いてしまえばいいのだと気づく。東京から新浦安までは快速で二十分弱。その程度の時間なら、どうにかやり過ごせるだろう。

「そっちも、仕事帰り？」

「そう。今日はちょっと遅い」

「会社？」

「うん」

「どんな？」

「メーカーといえばメーカーかな」

「メーカー」

「大学を出て、初めは情報通信の会社に入ったんだけど、そこは辞めて、今は調理器具なんかをつくってる小さいとこ」

「調理器具」というその言葉が新鮮で、つい口にしていた。

「こないだ出した電気ケトルが、ちょっとしたヒットになった。三千円ぐらいの、かわいい形のやつ」

「電気ケトル」

それも口にした。

「ほんとに小さい会社だけどね。最初のとこを辞めた後、中々次が見つからなくて、もうどこでもいいやになって、そこにしちゃったんだけど。結構長く続いてるよ。もう八年になるかな。つなぎのつもりでいたのに、案外居心地《いごこち》がよくて」

「何よりだね」

居心地は他の何よりも重要だ、という意味で言ったのだが、伝わったかどうかわからない。皮肉に聞こえてしまったような気も、しないではない。言い直しもしないが。

高校時代の幹恵が美術部にいたことを思いだす。こう尋《たず》ねてみる。

「電気ケトルの、デザインをしてるとか？」

「ちがうちがう。デザインなんてできないよ。わたしは営業。といっても、何でもやるけどね。販促的なことから宣伝的なことまで。小さい会社だから、部門自体、細かく分かれてないし」

その答で充分。この上美術部という言葉を持ちだしはしない。自《みずか》ら話を広げるようなことはしない。

「北野くんはどんな会社に勤めてるの？」

「普通の会社」

「何よ、普通って」と、そこでも幹恵が笑う。

もったいぶって隠しているように聞こえたか。あるいは、むしろ普通ではないと匂《にお》わせたように聞こえたか。どちらだとしても、それでいい。わざわざ説明する気力は湧《わ》かない。

「大学を出てから、ずっとそこ？」

「そう」

「まあ、それが一番だよね。辞めたところより上の会社に入れることって、まずないし」

確かにそうだろう。今の会社を辞めたとして、自分が上を目指せるとはとても思えない。鶏口《けいこう》となるも牛後《ぎゅうご》となるなかれ。だが大抵の人間は、牛後でいることを選ぶ。

発車を告げる音楽が鳴り、ドアが閉まる。が、開く。駆《か》けこみ乗車をした者がいたらしい。あらためて、閉まる。その音が、初めの音よりは荒っぽく聞こえる。

電車が動きだす。最終快速を逃したくはないだろうとの温情か、駆けこみ乗車を非難する車内アナウンスは流れない。

満員とまではいかないものの、混んでいる。僕の前にも幹恵の前にも人がいる。ただ、朝とはちがい、隙間《すきま》は大いにある。向かいの窓も見える。

「結婚して何年？」

「えーと、四年」

「えーとはマズいなぁ。すぐに出てくるようじゃないと」

すぐに出てくるのは、結婚三年めぐらいまでだろう。そしておそらく、十年めを迎える頃になって、思うのだ。そろそろ十年だなと。

相手によってはセクハラになるが、この幹恵ならいいだろうと判断し、質問する。

「結婚はしないの？」

「しないと決めてるわけじゃないけど。機会がなくて。ご縁もなくて」

「ありそうだけどね。縁」

「それは、何、ほめてくれてるわけ？」

「うん」と一番楽な返事をする。

幹恵とは、高校時代に付き合いかけた。そう。かけた。付き合うところまではいかなかった。だから元彼女とは言えない。幹恵も僕を元彼氏とは言わないだろう。

「北野くんは、高校の時の友だちと会ってる？」

「全然」

「わたしも。美術部の方でもクラスの方でも、今も付き合いがある子はいないよ」

「同窓会とか、やってないの？」

「知らないくらいだから、やってないんでしょ。やるような感じのクラスでもなかったし。というか、北野くんも同じだったじゃない」

「うん」

周《まわ》りへの配慮から、幹恵と僕はやや声を潜《ひそ》めて、そんなことを話す。

電車が地下から外に出る。窓から見える闇の質が変わる。それぞれに明度が異なる光の点があちこちに浮かび、動く。そうなることで、闇に奥行きが出る。

高架を走る夜の電車。外から見たその風景を、何故《なぜ》か想像する。

電車が新木場《しんきば》駅に着き、有楽町線やりんかい線の利用客たちが乗ってくる。車内の混み具合が増し、幹恵と僕の声はさらに潜まる。

「電話していい？」と幹恵が言う。

「え？」

「されるのがいやだったら、して」

結婚のことは伝えたよな、と思う。それでも、僕が電話をする？　結婚してる人にはかけづらいから、北野くんからかけてほしい？

「もしかして、わたしの番号、消しちゃった？」

忘れていた。そういえば、そうだ。言う。

「ごめん。消した」

例によって、言葉を選んだり理由を添《そ》えたりする余裕がない。

「北野くんらしいね」と笑み混じりに言われる。

悪口ではないように聞こえる。

「もう十四年だもんね。消してて当然か。わたしは残してたけど。何でもさ、捨てられない方なのよ、わたし」

僕は逆。何でも捨ててしまう方だ。物だけでなく、電話番号やメールなどのデータでも。デジタルデータは場所をとらない。だから便利。それは認める。だが何かが存在するかしないかは、場所をとるかとらないかだけの話ではない。

「今ここで番号を教えるのも何だから、わたしがかけていい？」

駄目とは言えないから、言う。

「うん」

「今度飲みに行こうよ」

行かないとは言えないから、言う。

「まあ、今度ね」

「絶対行かないでしょ」と幹恵が笑う。やや不満げに。

「いや」

「じゃあ、行く？」

「まあ、今度」

電車が舞浜《まいはま》駅に着いて何人かが降り、それよりは多い何人かが乗ってくる。乗ってはこない人もいる。武蔵野線の下りを待っているのだろう。ディズニーランド帰りだと一目でわかる色とりどりの袋が、車内車外のあちこちで揺れる。

ドアが閉まり、電車が動きだす。

「次は新浦安です」と車内アナウンスの声が言う。

女声。若々しい。だが落ちついている。いい声だ。いつも同じ人であるように聞こえる。声そのものがというよりは話し方が、少しだけ絵美《えみ》と似ているようにも感じる。

あと一駅。もう幹恵と話はしない。たかだか三分で終えられる話はないから。

電車が新浦安駅に着く。

「じゃあ」と幹恵が言い、

「うん」と僕が言う。

じゃあ、また、とは幹恵も言わなかったな、と思う。

エレベーターを八階で降り、通路を歩く。

絵美のカギを使って玄関のドアを開け、八〇八号室に入る。

三和土《たたき》で革靴を脱《ぬ》いで中に上がり、短い廊下を進む。

居間の明かりを点《つ》けて、奥の寝室に行く。

長袖のシャツとズボンから、半袖のTシャツとルームパンツに着替える。

台所へ移り、流しで手を洗って、うがいをする。

ヤカンに水を入れ、ガスコンロの火にかける。

カップ麺《めん》のビニールパッケージを破り、容器の蓋《ふた》をまず半分開ける。

かやくと液体スープと焼きのり、それぞれの袋を取りだす。

かやくの袋だけを開封し、中身をノンフライ麺の上に散らす。

沸《わ》いた湯をカップに注《そそ》ぎ、蓋を閉じる。

そこに液体スープの袋を載せ、四分待つ。

その間に、冷蔵庫から出した第三のビールを、缶から直《じか》に飲む。

四分で、ちょうど一本が空く。いや、最近はもう四分かからない。飲み終えた時点で容器の蓋を開けると、まだ麺が硬かったりする。

それを承知で蓋を完全にはがし、液体スープと焼きのりを入れる。

カップと割り箸と二本めの缶ビールを持って、居間へと戻る。

布張りのソファに座り、リモコンでテレビをつける。

割り箸でスープをかき混ぜて、麺をほぐし、食べる。

ようやく、今日のカップ麺がしょうゆ味であることを意識する。テレビ番組が民放のドラマであることも意識する。そういえば帰ってきたのだな、とはっきり認識する。新浦安からここまで、またぼんやりしていたことに気づく。

今日は、それこそテレビドラマに出てきそうな、非日常的なことがあった。高校の同級生、よりにもよって付き合いかけた女子と電車で偶然会うという、刺激的ともとれそうなことがあった。

にもかかわらず、こうだ。心が動かない。昂《たかぶ》らない。ぼんやりする。

そういえば、とまたしても思う。電気ケトルだと、湯を沸かすのは楽なのかな。ガスコンロに比べて、沸く時間は短いのかな。まあ、ガスより早いことはないだろうな。でも便利なら、買ってみてもいいかもしれない。荒井幹恵が本当に電話をかけてきたら、その時は詳しいことを訊いてみるのもいい。どんな理由であれ僕が乗り気でないことは伝わったはずだから、電話はかけてこないだろうが。

思うのは、そこまで。

何かを思おうとすると、ひどく疲れる。だから一日の仕事を終えると、へとへとになる。へとへとになって潰《つぶ》れるのが先か。それとも、少しは元通りになるのか。

結論は出ている。僕が潰れるかどうかは知らない。が、元通りにはならない。元通りになるには、絵美も含めたすべてが元通りにならなければいけないのだ。

カップ麺を食べ、二本めのビールを飲む。

このところ毎日、こうして自社製のカップ麺を食べる。

そう。自社製。僕が勤めているのは、カップ麺をつくる会社だ。主力商品がカップ麺の、食品メーカー。隠す必要もない、普通の会社。

ただ、そこは誰にでもなじみがあるカップ麺。社名を出せば、あの製品はどう、この製品はどう、という話にはなるから、言わなかった。仕事を終えた後にまでそんな話をする気力はない。

昔から、カップ麺は好きだった。大学も自宅から通っていたため、特に食べる必要もなかったのだが、食べていた。ラーメン、焼きそば、うどん、そば。二十歳を過ぎた頃からは、油で揚《あ》げてないノンフライ麺が好きになった。あっさりした味で、カロリーも低めのラーメンだ。それは今も変わらない。だからこうして食べている。毎日。決して大げさでなく、本当に、毎日。

うまいことはうまい。とはいえ、さすがに毎日だと味気《あじけ》ない。

だが湯を沸かす以上のことをする気になれない。みつば駅からの途中でコンビニに寄って弁当を買う気にさえなれない。料理はできない。できたとしても、する気にはなれない。

だから、会社からカップ麺を段ボール箱で送っている。一度に三箱。ノンフライ麺の、しょうゆ味とみそ味としお味。それらを交互に食べる。まちがえて同じ物を二日続けて食べないよう、翌日分の一つをダイニングテーブルに出しておく。まあ、まちがえたところで、どうせ気づかない。減りが均等でないことが後で判明し、あぁ、そうか、と思う程度だ。

カップ麺は夕食であり、つまみでもある。夜はそれしか食べない。缶ビールは、あと二本飲む。計四本。三百五十ミリリットル缶ではない。五百ミリリットル缶を、四本。

酒に溺《おぼ》れているつもりはない。まずアルコールに強くないので、溺れるほどは飲めない。気持ちより先に体が参ってしまう。飲んだところで余計に沈みこむだけだとわかってもいる。

それでも、飲むことは飲む。量を飲みたい。だから、かつて読んだ小説を参考に、アルコール度数の低い第三のビールを選んでいる。健康志向のそのビールを、不健康にガブガブ飲む。体も気持ちも参らせ、底の底まで沈みこむ。いや。体も気持ちも、参る寸前のところまで参らせ、底の底の数センチ上のところまで沈みこむ。

毎日そんなことをしているせいで、三十三歳だというのに、吐く。下痢もする。二日酔いの薬を頻繁《ひんぱん》に飲む。止瀉薬《ししゃやく》も飲む。

おとといも、止瀉薬を飲んだ。飲んでから、使用期限が過ぎていたことに気づいた。期限は今年の八月。今はもう九月だ。気づかないまま、すでに三度飲んでいた。そこでようやく思いだした。前に絵美が言っていたのだ。このお薬、あと少しで期限切れちゃう、と。そのあと少しが過ぎ、期限は切れちゃったわけだ。そしてそのあと少しの間に、絵美はいなくなった。

食あたりや水あたりに対処するための止瀉薬。期限切れの物を一番飲みたくない薬だ。腹痛を助長しかねない。患者よりも病《やまい》の味方をしかねない。だが効いたような気もしたので、まだ処分してはいない。明日も朝起きて下痢をしていたら、また飲むだろう。新しい物を買おうと思ってはいるのだが、忘れてしまう。思いだしても、面倒だからいいや、になってしまう。

しょうゆ味のカップ麺。その麺を食べ終え、スープを飲み干《ほ》す。自社製品だから、スープまで飲み干すのは体によくない、とは言わない。

体のほてりをとるべく、ビールを喉《のど》に流しこむ。二本めが空く。

空いたカップと缶を持って台所に行き、カップは燃えるごみの袋に入れ、缶は床の隅、昨日の分の隣に置く。冷蔵庫から三本めを取りだして、居間へと戻り、ソファに座る。リモコンでテレビを消す。

そこからはもう何も食べない。飲むだけだ。そうすれば片手、左手は自由に使える。

その左手で、ソファの前の低いテーブルに置いておいた絵美のケータイをとる。僕のと同じ、ガラケーだ。壊れた時にスマホに替えようと話していたが、それから二年壊れなかった。壊れる時はいきなりだっていうから、そうならないうちに替えとこうか。そうも話していた。

ふうっとゆっくり息を吐き、居間を見まわす。ソファ。テーブル。テレビ。仏壇。

２ＬＤＫは広い。二人では狭いと感じていたが、一人だと広い。

三ヵ月前までは絵美と二人で住んでいたマンション、みつばベイサイドコートＢ棟八〇八号室に、今は一人で住んでいる。身のまわりの物はすべて残され、絵美本人だけがいなくなった。玄関、台所、浴室、寝室。どこを見ても、絵美の物がある。

これが離婚なら、身のまわりの物もなくなる。残されるのは、共用にしていた物、タオルだの家電製品だのだけだろう。それらは自分でも使える。だから、どうにかなる。使える物だから、あっても気にならない。

だが絵美専用の物は使えない。服は着られないし、口紅やファンデーションは、僕自身が塗《ぬ》らない。といって、捨てることもできない。僕は何でも捨ててしまう方だが、さすがに捨てられない。捨てようと思う日が来るのか、見当もつかない。いや、来ないだろうと思っている。

今は、かつて絵美が日常的に使っていて、僕も使える物、すなわち玄関のカギだけを使っている。絵美が付けていた天然石のキーホルダーを付けたまま、半《なか》ば無理やり使っている。そうすることに何の意味があるのかと、うっすら疑問には感じながら。

カップ麺のスープまで飲んでしまったから、まだ体が熱い。ビールはビールで、喉を通る時は冷たいが、結局は体をほてらせる。エアコンをつけようか少し迷い、つけない。

今や夏が終わろうとしている。そのことも、ようやく意識する。

今年の夏は何があったか。何もない。ほとんど何も覚えてない。ただ暑かった。それだけ。長かったような気はする。だが過ぎてみれば、短かったような気もする。

三ヵ月。ようやく落ちついた。気持ちの整理がついた、という意味ではない。書類上のあれこれなど、片づけるべきことが一段落した。整理をつけるのはこれから。整理がつく日が来るのか、見当もつかない。いや、来ないだろうと思っている。

左手にケータイ、右手には缶ビール。

まずはビールを飲む。三本めなのに、ガブガブ飲む。

ケータイのボタンで、３８００、と入力する。決定ボタンを押す。

画面にこう表示される。

『端末暗証番号が違います』

わかっている。毎度のことだ。0000から始めたので、これが三千八百一回めになる。

そして三千八百二回めにかかりながら、考える。

三十三歳で妻の葬儀を執《と》り行うことになるとは、普通、思わない。

妻が三十も四十も歳上だったわけではない。歳は僕と同じだった。そう。だった。

過去形で言わなければならない。

絵美はもう歳をとらない。僕と同い歳だが、同じ三十三歳にはなれなかった。この三ヵ月の間に誕生日が過ぎた。絵美にとってはもはや何の意味も持たない、誕生日だ。

三十二歳で、絵美は止まった。終わった。老いた絵美の顔を僕が目にすることはない。四十歳の顔を目にすることもない。三十五歳もない。女性の方が寿命が長いから絵美の死を経験することはないだろうと、勝手に安心していたのに。

だが三十三歳にして、僕は知った。

人は簡単に死ぬ。タクシーに乗る。山間《やまあい》を走るそのタクシーが崖《がけ》から落ちる。それだけでいい。たったそれだけのことで、ついさっきまでいた人はいなくなる。そんなことが、本当に起こる。

梅雨の真《ま》っ只中《ただなか》。六月下旬。雨が降りだして路面が濡《ぬ》れていたこともマズかった。運転手も亡くなったので、転落の原因は不明。道路にはブレーキ痕があった。タクシーの車体に、対向車とぶつかった痕跡はなかった。崖から転落してメチャメチャになったはずの車体からそんなことがわかるのかどうかは知らない。調べる人が調べればわかるのだろう。

カーブで膨《ふく》らんだ対向車が反対車線にはみ出したのではないか。タクシーはそれをよけようとして転落したのではないか。タクシーが転落したことを知りながら、対向車は逃げてしまったのではないか。

考えればきりがない。推測にしか過ぎない。空想に近い推測だ。

結局は、運転手のハンドル操作ミス、ということになった。それもまた推測だ。

運転手は六十代の男性。病歴はなかった。雇用主であるタクシー会社によれば、健康診断も毎年きちんと受けていたらしい。だがそんなことに意味はない。去年の健康診断の翌日に病は生まれ、事故の日に発症したのかもしれない。

絵美は、何が何だかわからなかっただろう。ガードレールを突き破る衝撃がいきなりきて、体がスウッとなって、上下左右がなくなって、ガシャン。それで終わりだったろう。せめてそうであってほしい。痛みを感じたりは、してなければいい。

外を歩く時は自分の方が青信号でも気をつける。絵美がそう言っていたことを思いだす。青で横断歩道を渡っていたのに前から来た右折車にはねられた人が、知り合いにいたのだそうだ。

俊英《としひで》くんも仕事で外まわりをする時は気をつけた方がいいよ、と絵美は言った。確かに、他の車や信号にばかり気をとられ、歩行者への注意を疎《おろそ》かにする運転手は多い。気をつけるよ、と僕は言った。実際に外まわりをする時はもうそんなことは忘れてしまい、気をつけはしないのだが。

今回の場合は、気をつけようがなかった。絵美はただ乗っていただけ。歩いていたのではない。運転をしていたのでもない。シートベルトは締《し》めていたが、無駄だった。

山道。崖から何十メートルも下に、車ごと転がり落ちてしまっては。

シートベルトを締めていたということは、警戒していたということだろう。無意識にかもしれないが、怖れてはいたということだろう。なのに。

事故が起きたとされるのは、十七時四十分頃。僕が話を聞かされたのは、すでに三時間近くが経過してからだ。ガードレールが突き破られているのを、その後に通りかかった車の運転手が見つけ、通報する。消防や警察が駆けつける。救助隊員たちが崖の下に向かう。タクシーに乗っていた二人の死亡を確認する。警察が身元を確認する。それから。

警察から電話が来た時のことは、覚えているようで、よく覚えていない。実は今でも、何故ケータイにかかってきたのかわからない。絵美が会社に伝えていた緊急時の連絡先がその番号になっていたからだとは思うが、定かではない。

ともかく僕は、およそ三時間、事故が起きたことを知らなかった。絵美が亡くなったその瞬間を、感じることができなかったわけだ。

僕が鈍《にぶ》いのか何なのか。後になって思えば着信もないのにケータイが震えたような気がするとか、空が一瞬真っ暗になったような気がするとか、目の前を何かがよぎったような気がするとか、後ろから肩を叩かれたような気がするとか、そんなようなことは何一つなかった。

身近にいた人が亡くなった瞬間を感じられなかったことで、残された者の痛みは増す。何も知らずにその瞬間をのうのうと生きていた自分の姿を想像せずにはいられなくなる。

脳裏には、左右に二分割された音のない映像が浮かぶ。左側では絵美が血を流し、右側では僕が笑みをこぼしている。

絵美は。車体がひしゃげ、上も下もなくなったタクシーの中に横たわっている。いや、横たわってすらいない。シートだの天井だのに挟まれている。体は不自然にねじくれている。それだけでもう、あちこちの骨が折れていることがわかる。顔には苦悶《くもん》の表情を浮かべている。目を開けてはいるが、もはや何も見ていない。目はまだ機能することができる。だがバッテリーがない。

僕は。仕事の合間に立ち寄ったカフェでカプチーノなど飲んでいる。営業先の大型スーパーからの帰り道。新商品発売に伴《ともな》い、カップ麵の納品量を全店的に増やせたことを喜んでいる。ささやかなご褒美《ほうび》として、いつもならブレンドコーヒーを頼むところをカプチーノにし、シナモンパウダーの香りを楽しんでいる。自身の手柄というよりは、業界では大手である会社の手柄なのに。

タクシーにいる絵美とカフェにいる僕。どちらも単なる想像だ。僕は転落直後のタクシーの様子を目にしてはいないし、ここ数年、営業で大きな成果をあげてもいない。残念ながら、透視ができる人間ではないし、優秀な社員でもない。だが想像はしてしまう。そんな情景が、夢にまで出てくる。

さっき帰りの電車の中で、結婚していると荒井幹恵には伝えた。正確には、結婚していた、だ。離婚したわけではないが、そんな経緯で、僕は独り者に戻った。

離婚した場合と比べてどちらがどうなのか、よくわからない。ただ、離婚なら選択ができる。納得はしていないとしても、離婚届に判を捺《お》すという形で、選択はしている。それだけでも、少しはましだと思う。

絵美とは大学で知り合った。大学の商学部。選んだゼミが同じだったのだ。

ゼミは三年次からなので、僕らはともに二十歳。

絵美はきれいだった。その年の学祭で行われたミスコンで三位になった。ミスでも準ミスでもない。他数名いた最終候補と横並びでの三位だ。

その手のコンテストではよく、友だちが勝手に応募しちゃって、などとスピーチで発言してひんしゅくを買う受賞者がいる。絵美がまさにそれだった。ひんしゅくの方ではなく、応募の方。ゼミの四年の先輩が、勝手に応募したのだ。ウチのゼミから受賞者を出そう、高原《たかはら》をミスにしよう、と。

結局、受賞はしなかったから、スピーチで発言してひんしゅくを買うこともなかった。三位って何よ、と絵美は笑っていた。微妙すぎて笑えないじゃない、と笑っていた。誇《ほこ》るでもなければ卑屈《ひくつ》になるでもないその感じがよかった。微妙ではない。学内で三位なのだから、立派なものだ。そんな絵美と自分が付き合うことになるとは思わなかった。

きっかけは、翌年の夏休みに行われたゼミ合宿。

四年次の八月だから、もう就職活動は終わっていた。僕は今も勤めている食品メーカー、絵美は結婚後に再び勤めだした住宅設備機器メーカーから、それぞれ内定をもらっていた。あとはゼミで卒論を書くだけ。そんな状態だった。大学生活も残りわずかだと実感する時期。極端なことを言えば、生まれて初めてそれまでの人生を振り返る時期だ。まだ二十二年かよ、だの、もう二十二年だよ、だのと。

前者を口にしたのが僕で、後者を口にしたのが絵美だった。

合宿の最終日。酒をたらふく飲んだ後に、二人で大学の研修センターを出た。近くの林道を少し歩こうということになったのだ。何故二人なのか、何故少し歩くのか。かなり飲んだから、そして若かったから、としか言えない。

研修センターは北関東の保養地にあり、周りには何もなかった。街灯の類《たぐい》も少なく、道は暗い。車が来たら怖いね。車の方も怖いだろうね。などと話しながら歩いた。

夏だったが、保養地だけに、夜はひんやりと涼しかった。

二人ともかなり酔っていた。ビールを飲んで、ワインを飲んで、日本酒を飲んで、またビールに戻ったりしていた。三十代の今とはちがい、体も気持ちも参ってはいなかった。本当に、若かったとしか言えない。

十一年も前の話だが。こんな会話を交わしたことを、今でもはっきり覚えている。

「いよいよ働かなきゃいけないか」と僕。

「そろそろいい時期なんでしょ」と絵美。

「先は長いよ」

「寿命まであと六十年」

「まだ二十二かよ」

「もう二十二だよ」

足がふらつくこともあり、僕らはいつしか腕を組んで歩いていた。

絵美の体温が伝わってきた。単に暑かっただけかもしれない。だとしても、そこでのその暑さがうれしかった。

夜で暗いのに明るいと感じた。単に絵美が白いTシャツを着ていたからかもしれない。だとしても、そこでのその白さがうれしかった。

「胸が当たってるよ」と言ってみた。

「わざと当ててるのよ」

「ほんとに？」

「嘘」

笑った。

いやぁね、と絵美も笑った。いやでも何でもないその、いやぁね、が、耳に心地よく響いた。

「北野くんの構えてないところ、わたし、好き」と絵美は言った。「ガツガツしてないところが好き」

「おれも好き」とするりと言えた。

「どこが？」

「一位じゃなく、三位になるあたりが」

「失礼！」と言いつつ、絵美はやはり笑った。

僕も笑った。伝わらなかっただろうが、本音だった。一位ではなく、三位。でもきれい。一位なら、僕はその一位を意識しすぎていたと思う。三位でも、充分意識しているくらいだから。

そんなわけで、絵美と僕は付き合うようになった。大学四年の八月から。無謀《むぼう》といえば無謀。先は見えている。

事実、働きだして半年で、僕らは一度別れた。明確な理由もなく。でもやはり別れるべきなんだろうね、という感じで。

そして二十七歳の時に、再会した。

再会といっても、偶然ではない。絵美がメールをくれたのだ。その文面も覚えている。

〈北野くんのとこの新商品、すごくおいしい！〉

それは、イタリアっぽい味付けをした低カロリーのカップ麺だった。まさに二十代の女性をターゲットに開発された商品だ。

そこまでするのはどうかと思いつつ、お礼のメールに、久しぶりにご飯でもどうかと書いた。行こう、と返事が来た。

大学卒業後半年で別れ、二十七歳で再会。そのタイミングもよかったのだと思う。双方が、ひと通りのことを経験し、社会人としてとりあえず落ちついたのだ。あのまま無理に付き合っていたら、逆におかしなタイミングで別れ、その後の再会はなかっただろう。

もう、ワインや日本酒の後にビールに戻るようなことも、酔って深夜の散歩に出るようなこともなかったが、僕らは再び付き合った。そして二年後、穏《おだ》やかに結婚へと行き着いた。

それが今から四年前。二十九歳の時だ。昨日のことのような気がする。あまりにも遠い昨日だ。あの事故で、一気に遠くなった。僕は立ち止まっているのに、過去が離れていく。

ビールが四本めになる。やはりガブガブ飲む。

ケータイのボタンで、３８２０、と入力する。決定。

『端末暗証番号が違います』

知ってるよ。

去年に続き、今年も夏季休暇はお盆の時期に合わせようと決めていた。

六月。あの時の絵美は、有給休暇をとっていた。僕ではなく、友人に合わせてとったのだ。絵美曰《いわ》く、一泊旅行をしたいと彼女に誘われたから。

崖から転落したタクシーの中に、その友人と思われる女性はいなかった。

同行者がいると言ってはいたものの、絵美は一人旅に出たのか。

あるいは。

地元に住むという運転手こそがその同行者だったのか。

六十代だから邪推《じやすい》しなくていいとは言えない。僕が知らなかっただけで、絵美は本当は親世代の男性が好きだったのかもしれないから。

というその冗談にも冴えがない。おもしろくないどころか、亡き妻を冗談の対象にしたことへの嫌悪しか残らない。

早三ヵ月。どうにか前を向こうともがいても、いつもこんな結果になる。前なるものがどこなのか、それ自体、わからなくなる。

その道の先には、いくつかの温泉宿があった。絵美がそこに向かっていたことはまちがいないだろう。旅行に出たことも、まちがいないだろう。

それぞれの宿には、電話をかけて事情を説明し、北野絵美という女性が泊まることになっていなかったかと尋ねてみた。お答えできかねます、とすべての宿に言われた。宿泊客の個人情報を明かしていいわけがないし、電話では僕が本当に北野絵美の夫かどうかわからない。実際に訪ねたところで、教えてはくれないだろう。

友だちと旅行をしたいんだけど、と絵美が言ってきた時、僕は反対しなかった。絵美を疑いもしなかった。もちろん、その友人に電話をかけて、旅行に出るのが事実かどうか確認したりもしなかった。そういうことをしないのが夫婦だと思っていた。そういうことをする必要がない二人だからこそ夫婦になれるのだと。

結果、こんなことになった。

結婚する前、絵美は僕を北野くんと呼んでいた。結婚して、それが俊英くんになった。自身も北野姓になったからだ。トシくんと省略されることもあったが、そちらに統一されもしなかった。僕自身、俊英くんと呼ばれるのが嫌いではなかった。だがそれは敬意ゆえではなかったのではないかと、今は思う。つまるところ、僕らは夫婦になりきれていなかったのではないかと。

実際にもらってみるまで知らなかったが、配偶者ということで、忌引《きびき》休暇は十日間もらえた。子どもで五日間。父母でさえ七日間。あらためて、配偶者の価値を知らされた。血のつながりはないのに最上位。すごいことだ。

奥さんらしき人が事故に遭《あ》ったとの連絡を受けた僕は、その日のうちに現地へと赴《おもむ》き、遺体を確認した。

幸い、顔はきれいだった。打撲《だぼく》による腫《は》れと擦《す》り傷はあったが、絵美とわからないことはなかったし、見られないこともなかった。

その後、遺体を引きとり、紹介された業者に任せて、こちらへと送った。そして、葬儀。

すべては流れるように行われた。言われたことにはいはいと頷《うなず》き、ただ見ているしかなかった。もう、ひたすら呆然《ぼうぜん》とした。あぁ、僕は泣かないのだな、と思った。

葬儀はとてもつらいものになった。

絵美の両親、つまり僕の義父母である高原勇《いさむ》さんと基子《もとこ》さんは大泣きに泣いた。絵美の姉の久美《くみ》さんも泣いた。僕の両親である北野行雄《ゆきお》と千代《ちよ》も泣いた。泣ける人は皆泣いた。絵美はまだ三十二歳。当然だろう。

どういうことなんだ俊英くん、と、勇さんには言われた。説明した。友だちと旅行に出たんです、でも一人だったんです、と。僕自身、事情がわからないのだから、そう言うしかなかった。何なんだそれは、と言われた。その友人が誰なのかを僕が知らなかったことに呆《あき》れたのだ。

夫婦なのに何故妻を一人で旅行に出したのか。

勇さんと基子さんからはずっとそう責められているような気がした。直接言われはしなかったが、時として口調や態度にそんな思いが込められた。いや、わからない。考えすぎかもしれない。僕がそう思っているから、そう思われているように感じただけかもしれない。

葬儀には、内田《うちだ》若菜《わかな》さんも来た。住宅設備機器メーカーで絵美と同期だった女性だ。

僕と結婚してからも、絵美はこの若菜さんと食事に行ったり映画を観に行ったりしていた。だから今回の同行者も若菜さんなのだろうと、僕は勝手に思いこんでいた。

タクシーに若菜さんが乗っていなかったと知った時は驚いた。翌日、絵美の会社経由で、どうにか連絡をとった。具体的には、総務の人にこちらの番号を伝え、若菜さんに電話をかけてもらえるよう頼んだ。

電話はすぐにかかってきた。わたしは行ってないです、と若菜さんは言った。旅行のこと自体、まったく知りませんでした。

絵美が友人と旅行に出た。タクシーが崖から転落した。絵美が亡くなった。友人はいなかった。意味がわからない。ひどく混乱した。

共通の知人がいたのであれば、絵美が亡くなったことを知らせてほしい。若菜さんにそうお願いして、電話を切った。

実際に若菜さんがあちこちに知らせてくれたおかげで、葬儀には思ったより多くの人たちが来てくれた。大学時代のゼミ仲間たちも来た。こちらは僕自身が知らせた。

披露宴にも来てくれたので一度会っていたはずだが、若菜さんの顔をよく覚えてはいなかった。それはあちらも同じだったらしい。葬儀社の人を介して、わざわざ声をかけてきてくれた。

絵美の同期だから僕とも同い歳だが、二、三歳は若く見えた。童顔《どうがん》かつ小柄なせいかもしれない。

どう言えばいいか、と若菜さんは言った。

こちらもどう言えばいいか、と返した。

残念です。

はい。

若菜さんも僕も、そうとしか言えなかった。若菜さんにしてみれば、絵美の旅行のこと自体が寝耳に水の話だ。僕は僕で、内田さんはご無事で何よりです、と言うわけにもいかない。絵美の近くにいた者同士なのに近寄れない、何とも奇妙な対面になった。

つらい葬儀の後。どうにかそこまでは流れでやってしまおうと思い、すぐに仏壇を買った。マンションの居間にも置ける、コンパクトな物をだ。

通販などでなく、店に直接行き、現物を見て、買った。気が進む買物ではない。選ぶのは苦痛だった。いったい何を選べばいいというのか。絵美ならこれだろう、そんな基準がどこにあるというのか。

結局、三十万円の物にした。高すぎず安すぎない、家具調仏壇なる物だ。今もすぐそこにある。居間の隅ではない。陽《ひ》も届く、いい位置だ。このマンションを借りる時、余計な物はなるべく置かないことにしようと絵美と話し合った。まさか仏壇が置かれるとは。

絵美の遺骨は、北野家の墓に入れた。僕の父と母もいずれ入ることになっている、公営の墓地だ。もしかしたら勇さんが何か言ってくるかと思ったが、それはなかった。言われたところで、どうしようもない。絵美は北野絵美として亡くなったのだ。その墓地とこの居間で一度ずつ顔を合わせただけで、以後、高原家からは何の連絡もなかった。こちらからも連絡はしていない。まあ、そんなものだろう。絵美がいなくなった今、連絡をとり合う理由がない。

高原家が、一気に遠くなった。絵美と僕に子どもがいれば、またちがったのかもしれない。だがいない以上、高原家の人たちにとって、僕、北野俊英は、次女の無残《むざん》な死を思い起こさせるだけの存在でしかない。

実際に子どもがいたら、どうだっただろう。その子は幼くして母を失い、父と二人になる。それがいいことだったのかどうか。僕がその子をうまく育てていけたのかどうか。

と、そこまで考えて、思い当たる。もしも子どもがいたら。絵美は一泊旅行になど出てはいなかったにちがいない。

子どもは人を変える。

例えば会社の後輩に福田常久《ふくだつねひさ》という男がいる。僕より五歳下。今、二十八歳。福田は、通常ある過程を省き、いきなり父親になった。大学時代に付き合った女性が福田に黙って産《う》んだ子を引きとったのだ。子どもはすでに七歳。小学校の二年生。とてもかわいい女の子だという。

この福田も、変わった。以前は、仕事でもどこか手を抜くところがあった。僕とちがい、やればできる人間ではあったが、中々やらなかった。やればできるがやらずに終わる人間。その典型に見えた。が、やる人間になった。

人は自ら変わろうとしても変われない。だが環境が変わればあっけなく変わってしまう。それは変化ではなく、変化の末の順応《じゅんのう》なのかもしれない。ともかく。子どもが変化のきっかけになり得ることは確かだ。

そう。子ども。

絵美と僕は、どちらもが二十九歳の時に結婚した。

そしてどちらもが三十歳の時に絵美が妊娠し、流産した。

僕も落胆したが、絵美自身の落胆ぶりはその比ではなかった。知り合って初めて、絵美は僕の前で泣いた。葬儀の時の絵美の両親のように、大泣きした。大泣きした後は、一転、沈黙した。

僕の両親も絵美の両親も、密《ひそ》かに落胆した。僕の両親にしてみれば、長男の第一子。絵美の両親にしてみれば、長女が未婚である中での次女の第一子。どちらにとっても、初孫の予定だったのだ。

四人全員の口から絵美の体を気使う言葉が出たが、絵美の耳に残ったのは、残念、という言葉だった。残念だけど、絵美さんの体が何ともなくてよかった。残念だけど、しかたがない。

沈黙を続ける絵美に、すべての妊娠のうちの十五パーセントは流産するらしいよ、とも言ってみた。一度流産したから妊娠しにくくなるってことはないらしいよ、とも言ってみた。そういうことに何か意味がある？　好きな人にそんなことを言われたいと思う？　と言われた。知り合って初めて、絵美は僕に刺々《とげとげ》しい言葉を吐いた。

以後、子どもの話はしていない。僕としては、気を使って。大事なのは絵美の気持ち。絵美が言いだしたら応じよう、と思ったのだ。まだ三十代になったばかり。急ぐことはない、とも。

正直に言えば。たとえ妊娠してもまた同じことになるのでは、と怖れてもいた。二度続いたらきついな、と思っていた。同じ人が二度続けて流産する可能性はかなり低いらしいよ。そんな付《つ》け焼刃《やきば》の知識を披露することは、もうなかった。

流産の一年後。絵美は僕と結婚するまで勤めていた住宅設備機器メーカーに復帰した。といっても、正社員としてではない。契約社員としてだ。

仕事はショールームの受付。さすがに商品知識は豊富なので、ある程度、案内もできる。うってつけだった。三十一歳でその仕事を任されたのだから、かつて学内三位になった容姿《ようし》の面でも評価されたのだと思う。何だかんだ言ったところで、会社はそんな部分を見る。広報や受付に、パッとしない人材を配したりはしない。

わたし働こうかな、と絵美が言ってきた時、僕は反対しなかった。今思えば、友だちと旅行をしたいんだけど、と言ってきた時と同じだ。いいんじゃないかな、とすんなり返した。

とはいえ、それから二週間もしないうちに絵美が元の会社への復帰を決めてきた時は驚いた。そのあたりの相談はしてくれないのか、と思った。してくれたところで、やりたいことをやればいいよ、と返しただけではあろうが。

もう妊娠するつもりはないとの意思表示、ではないから。と絵美は言った。僕が尋ねたわけでもないのにだ。契約社員だから、その気になったら次の契約をしなきゃいいだけよ。こっちがしてほしくても契約してくれないことだってあるしね。

あらためて、僕も賛成した。家にこもっているよりは外の空気を吸う方がいい。それは絵美よりもむしろ僕自身を納得させる、申し分のない理由だった。絵美は働くから、しばらくは妊娠しないのだ。働くのだから、しかたないのだ。

流産後に絵美が自らその手の話をするのは初めてだった。これでも前進はしているのだと思った。妊娠という言葉が出たのだから、いずれは子どもという言葉も出るだろう。出せるだろう。

そんなようなことが、六月の事故ですべて無意味になった。一瞬にして、あらゆるものが壊された。絵美はもう働かない。もう妊娠しない。流産もしない。もういない。

仏壇には、絵美の位牌《いはい》がある。毎日線香を上げる。だが向き合えない。まだ心のどこかで、いずれ目が覚めるのではないかと思っている。長かったけどやっぱり夢だったよ、と言える日が来るのではないかと思っている。毎晩カップ麺を食べてビールを飲むのも、長〜い夢の中の出来事なのではないかと思っている。

その缶ビールは、すでに五本めに入っている。いつもの四本を初めて超《こ》えた。アルコール度数が低いとはいえ、五本めはマズい。味がではなく、マズい。まあ、味もうまくはない。うまいから飲んでいるわけでもない。

明日の朝は、期限切れの止瀉薬を飲むことになるだろう。むしろ早く飲みきりたい。そうすれば、新しい物を買えるから。

３８００から始めたケータイの入力は、３８３９まで来た。残りは十。今日は３８４９までの予定だ。

幸いなことに、絵美のケータイは壊れていなかった。絵美自身は壊されてしまったのに、ケータイは生き残った。旅行カバンに入れられていたため、難を逃れたのだ。遺品は、もちろん、すべて返却された。旅行カバンに入れられていた衣類や化粧品、そしてこのケータイだ。

事件ではない。事故。その事故の被害者のケータイを調べられたりはしなかった。ダイヤルロックがかけられたままだったので、そのことがわかった。調べはしたが元の状態にして返した。そんなことはないだろう。調べたのなら、そう言うはずだ。別に隠すことでもない。

四ケタのダイヤルロック。警察なら、専門家がいて、そんなものはすぐに解いてしまうだろう。だが僕は専門家ではないから、解けない。つまり、すぐには。

そこで気づいた。解けるのだ。一つ一つ順番に入力していけば。時間さえかければ。

時間ならいくらでもあった。急ぐ必要はないのだ。いつまでに解ければ絵美が帰ってくる。そんな話ではない。地道に試していけば、いつか必ず解ける。たかが一万通り。一日五十ずつ入力すれば、最長でも二百日で解ける。

それでも、初めは急いだ。百や二百は入力した。誕生日絡《がら》みの数字も試してみた。恥ずかしながら、結婚記念日絡みでも試してみた。解けなかった。当然だ。日常的にダイヤルロックをかけておく人が、そんな番号に設定しておくわけがない。

皮肉なものだと思う。そもそもダイヤルロックをかけておくことを絵美に勧《すす》めたのは、他ならぬ僕なのだ。勝手に電話を使われたり、中の情報を見られたりするのは怖いじゃん。できる自衛はした方がいいよ。毎回入力するのはちょっと面倒だけど、四ケタならすぐに慣れるから。

絵美と付き合いだした頃、つまり大学四年の頃から、僕はそうしていた。ケータイを学食のテーブルに置いたまま食べ物や飲み物を買いに行く人を見るたびに、だいじょうぶか？　と思った。別におかしな画像やメールを保存しているわけではないが、それでもケータイを人に見られるのはいやだった。だからロックをかけた。何でも捨ててしまう僕は、メールでさえ、用が済めば消去する。その上でロックもかける。今もそうしている。

そんなに隠したいことがあるわけ？　と絵美は笑っていたが、いつしか自身もロックをかけるようになった。友人の彼氏が、その友人のメールを盗み見ていたことを知ったからだ。北野くんもそうすると思ってるわけじゃないからね、と絵美は言い、そんなことはしないけど疑われたくないからロックはかけといてよ、と僕は言った。

絵美も設定を四ケタの数字にしていることは知っていた。最長の八ケタにしていたら、自分で解こうとは思わなかったはずだ。八ケタなら、一億通り。一日五十ずつ入力したとして、二百万日。五千四百七十九年。

これも前に絵美と話したことがある。僕自身が言ったのだ。一万通りでも、順番に試されたら必ず解かれるから、真ん中ぐらいの５０００番台６０００番台にしておくべきかもね。なるほど、そうだね、でも大げさ。と絵美は笑った。

そんなことを言っておきながら、僕はやはり００００から試した。結局、そうするしかないのだ。試す立場になれば、９９９９からさかのぼるのは面倒だと気づく。５０００番台から始めて正解が４０００番台だったらバカらしい、とも思ってしまう。となれば。９５００番台あたりの四ケタを設定しておくのがベストかもしれない。

３８４７、３８４８。そして最後、３８４９。

『端末暗証番号が違います』

五十回め。

今日もロックは解けない。

その事実に、何故かほっとする。

絵美が僕のようにメールを頻繁に消去していた可能性は高い。何か有意義な情報が見つかるとも思ってない。ただ単に、終わりが来てしまうことを怖れている。ロックが解ける。何もなし。終了。そうなると、本当にすべてが終わってしまう。絵美に関してできることが、何もなくなってしまう。

一日十では少ない。百では多い。だから五十で落ちついた。毎晩毎晩、ケータイのボタンを、僕は一つ一つゆっくりと押していく。そして四本ないし五本のビールをガブガブ飲む。

今の僕を絵美が見たら何と言うだろう。

そんなふうには考えない。

絵美はもう、今の僕を見られない。

懐胎《かいたい》の十月

季節の中で一番好きなのは秋だ。徐々に暖かくなっていく春も悪くはないが、徐々に寒くなっていく秋の方がいい。潤《うるお》いを帯びていくのでなく、湿《しめ》りけを抜いていく空気の質感が好き、ということかもしれない。

せっかくのそんないい時季を、楽しめなくなっている。よさを感じられなくなっている。肌の感覚までもが鈍化しているということか。でなければ。内部をこれ以上傷《いた》めないために外部からのあらゆる刺激をカットする役割を、肌が担《にな》っているということか。

それでも、会社員であるからには毎日出勤する。むしろ仕事があってよかったと思う。この上、週に四十時間以上の空白があったら、何をしていいかわからない。

会社は東京都の中央区にある。八重洲《やえす》の北。日銀に近い辺りだ。

東京駅からは歩いていける。京葉線のホームは有楽町寄りにあるので、最寄《もより》駅とはいっても、十分近くかかる。暑い夏や寒い冬は地下を歩きもするが、今は外を歩く。

いい気分転換になる、と言いたいところだが、そこまではいかない。歩くこと自体がきつい。

十月の人事異動で、僕は動かなかった。動くと予想していたわけではないが、動いてもおかしくはなかった。大企業は大企業。社員は多い会社なので、人の動きは活発なのだ。一つの部署に二年もいれば、その先は常に動く可能性があると見ていい。僕は今の営業課に、もう二年半いる。

僕自身は動かなかったが、一人出て、一人入ってきた。

出たのは、僕より五歳下の福田常久。いきなり父親になった、あの福田だ。

入ってきたのは、僕より六歳下の川崎《かわさき》ほのか。同じ大学を出たということで、個人的にも挨拶《あいさつ》された。

あ、そうなの。よろしく。とだけ言った。同じ大学の出身というだけで他人に親しみを感じたりはしない。それでいて、絵美とも同じ大学の出身と考えれば、ちょっと揺れてしまう。そんな揺れは、できればなしにしたい。

ほのかは僕が数ヵ月前に妻を亡くしたことを知っているだろうか。まあ、知っているだろう。社員が多い会社でも、そんな情報はまわる。三十三歳で妻を亡くした男。当人を知らなくても、話題にはなる。

よりにもよって歳下の女性が異動してきたその日。僕が仕事でミスを犯《おか》していたことが判明した。僕自身にでなく、岸本《きしもと》課長に電話がかかってきたのだ。僕が担当する総合スーパーのチーフバイヤーである島村《しまむら》さんから。北野くんのケータイにつながらないから、とのことで。

島村さんは四十代半ばの男性。白髪《しらが》が多い頭に色を合わせたかのような銀縁《ぎんぶち》メガネをかけた人だ。おそらくはまず課長に言ったことを、僕にも言った。

「ちょっと、どうなってんの。約束すっぽかすって、どういうことよ。電話も、かけてみればつながらない。勘弁してよ。こっちも忙しい中、時間割《さ》いてんだから。結局、丸一時間、無駄にしたよ。いくら何でも来ないことはないだろうと思って待ってたからさ」

「あぁ。すいません」

よくわからないまま、謝った。そうするしかなかった。

明日は無理、あさってても無理、しあさってても無理。ということで、五日後の火曜に訪問させてもらう約束をして、電話を切った。

「主任なんだからしっかりしてよ、北野くん」と課長には言われた。「すっぽかすって、それ、絶対駄目だからね。わかってるでしょ。島村さんは約束の時間に一分遅れただけでうるさいんだから。今日のうちに、メールでも謝っといてよ」

「すいません」と課長にも謝った。

午後三時の約束。すっかり忘れていた。いや。自らアポをとった取引先との約束をすっかり忘れる。そんなことがあるだろうか。

自分の席に戻って、パソコンのメールをチェックしてみた。

十月一日の午後三時に訪問。島村さんとそんな約束をしたものは見当たらなかった。今秋発売の新商品、ホワイトシチューうどんに関するものなど、他のやりとりをしたメールはあったが、それはなかった。

仕事でも、用済みのメールはすぐに消すことにしている。そうしないと、あれこれ混乱することがあるからだ。例えば後で見返した時に、別件の二つを結びつけて捉《とら》えたりしかねない。

そんな僕にしてみれば、メールがないということは、その用はもう済んだということだ。スケジュールを登録した後に、メールは消す。予定がキャンセルされた時は、スケジュールを直してから、メールを消す。そうやって、常にわかりやすくしておく。

島村さんのところは、月に一度の割合で訪問する。その時に、次回はいつなら都合《つごう》がいいかを聞く。先月もそうした。

確かその後に、やっぱりその日は無理、日時は追って連絡する、という旨《むね》のメールが来たのではなかったか。そして僕は、了解です、と返信し、スケジュールから予定を削除して、そのメールも消したのだ。その件に関しては、島村さんからのメールを待つだけ。つまり動きのないゼロの状態になったから。

僕が思うに。やっぱりその日は無理、のその日が無理でなくなったのではないだろうか。いや、やっぱりだいじょうぶだ、になった。忙しい島村さんの中ではそれで完了してしまい、やっぱりその日でオーケー、のメールを僕に出し忘れた。そういうことではないだろうか。

単なる推測でしかない。そんなことを島村さんには言えない。言ったところで、メールは出したよ、と返されたら終わりだ。その場しのぎの嘘かもしれないが、本気の勘《かん》ちがいかもしれない。実際に出したのに、届かなかっただけかもしれない。

何にせよ、立場上、こちらは島村さんをつつけない。どちらに非があるかに意味はない。飲みこむしかない。まあ、それでいい。似たようなことは、過去に何度もあった。営業をやっていれば、誰もが経験することだろう。

今回、僕がメールを消したことは別に問題ではない。メールをすべて残していればどうにかなっていたわけでもない。だから、今後もそのやり方を変えるつもりはない。

問題なのは、メールを消していたからその用はもう済んでいたと、僕が自信を持てないことだ。

例えば、やっぱりその日でオーケー、のメールを島村さんからもらっていたのに、それまで消してしまった。そのことを否定しきれない。否定する自信がない。今の自分なら消してしまってもおかしくないと、そちらへ流れてしまう。

マズいな、と思う。だがそれも思うだけ。深刻に捉えられない。それまでもが、まあ、いいや、になってしまう。

今の推測を、課長に話してみる気にもならない。代《か》わりに、僕は異動してきたばかりの川崎ほのかに言う。

「こんな主任ですが、あらためて、よろしく」

ほのかは笑みを返す。苦笑ともまたちがう、困惑混じりの笑みだ。変な主任に当たっちゃったなぁ、と思ったかもしれない。

そう。主任。実質何の権限もないものの、もうぺーぺーではないと対外的に示しつつ本人にも自覚を促す便利な肩書き。僕はその主任だ。四年前にそうなった。四年前。絵美と結婚した年。

よかったね、と絵美は言ってくれた。お給料も少しは上がるんでしょ? 上がったが、本当に少しだった。月数千円の手当がつく程度。でも大きいじゃない、と絵美はそうも言ってくれた。結婚とはこういうことなのだな、と思った。ともに喜ぶこと。そして、財産を共有すること。

主任には、入社したほぼ全員がなる。現に、僕の同期で今主任でない者はいない。差が出るのはここからだ。僕の展望はと言うと。万年主任の道を進みそうな気がしている。と、これはあくまでも言葉の綾《あや》。実際には万年主任など存在しない。様々な形で、どこかで淘汰《とうた》される。

あともう一つ何か考えることがあったな、と思い、一分をかけて、ようやくそこにたどり着く。

電話だ。

仕事が営業なので、僕は会社からケータイを支給されている。取引先の人たちや社内の者たちとの連絡にはそれを使う。そのケータイがつながらなかったと島村さんは言っていた。もちろん、電源を切ってはいなかった。勤務時間中は切らないよう、指導されてもいる。

何日か前にも、そんなことがあった。その時は、着信があったことを知らせるショートメールが残っていた。だから、取引先にはこちらから連絡することができた。

電波の具合だろうと軽く考えていたが、端末《たんまつ》そのものがおかしくなったのかもしれない。何せ、この課に来て二年半、ずっと同じ物を使っている。支給された時点ですでに旧型だった。そろそろ新しい物を申請するべきなのだろう。理由が理由だけに、許可はされるはずだ。

このあたりで、僕の思考は容易に仕事から離れる。壊れたら、どうしようもない。中のデータも取りだせなくなる恐れがある。となれば、一日五十の入力ペースを百や二百に上げるべきかもしれない。そうでなければ。思いきって、ケータイそのものを放りだすべきかもしれない。

初めて浮かんだその案に、僕は少しそそられる。だがここでも、そそられるだけだ。そそられるのを、束《つか》の間《ま》楽しむだけ。

自分がそうしないことはわかっている。一日五十のペースも変えないだろう。何というか、動けない。動きたくない。缶ビールをガブガブ飲んで、ゆっくりと入力していたい。壊れたらそれでいい。何かが壊れる時は、壊れるのだ。僕はそれを知ってしまった。抗《あらが》ってもしかたがない。

その日のうちに、課長を通して新たなケータイを申請した。

そしてその週のうちに、自分のケータイも新しくした。すでに二度は替えていた電池パックの劣化《れっか》を感じるようにもなっていたので、もう端末ごと替えてしまうことにしたのだ。

ケータイショップの店員にもやはり抗わず、勧められるまま、スマホにした。このプランにしてこのオプションを付ければお安くなりますよ、と言われ、そのプランにしてそのオプションを付けた。

使い方もよくわからないそのスマホに初めて電話がかかってきたのは、翌日の夜。今の僕にかけてくるのは息子の身を案じた母ぐらいだから、その電話も母かと思ったら、弟だった。北野優平《ゆうへい》。三歳下の弟だ。

午後九時過ぎ。僕は自宅の居間にいた。例によって、缶ビールを飲みながら、絵美のケータイに四ケタの数字を入力していた。缶ビールは四本めに入ったあたり。入力は後半に入ったところ。

一瞬、手にしていた絵美のケータイに電話がかかってきたのかと思った。だが契約はすでに解除している。すぐにこちらかと気づき、スマホに持ち替えた。

「もしもし」

「あ、兄ちゃん？　ぼく」

優平は自分のことをぼくと言い、僕のことは兄ちゃんと言う。友人の前でも自分のことをぼくと言うわけではない。僕と両親の前でだけだ。

一方、僕は、優平の前では自分のことをおれと言い、両親の前では僕と言う。そういうのは昔から変わらない。途中からは変えようがない。変えるきっかけがないと言うべきか。

「今、だいじょうぶ？」

「ああ。珍《めずら》しいな。どうした？」

「兄ちゃんは、えーと、元気？」

何だそれ、と言う前に、優平が続ける。

「っていうのも変か。元気なはずはないよね。はずはないっていうのもまた変だけど。とにかく、何ていうか、平気？」

「平気だよ。で、何？」

「あのさ、ちょっと言いにくいんだけど。ぼく、結婚してもいい？」

「結婚て、理也子《りやこ》さんと？」

「そう」

理也子さん。村瀬《むらせ》理也子さん。優平の彼女だ。もう二年ぐらい付き合っている。

「何でおれに訊くんだよ。そんなの、許可を得ることじゃないだろ」

「そうなんだけど。ほら、あんなことがあったから、一年は待った方がいいんじゃないかって、理也子が言ってたんだ」

優平がそうしたように、僕も事故という言葉は出さずに言う。

「あれから一年待とうって？」

「うん」

「そうか。優しいんだな」

「ぼくもそれでいいと思ってたんだよね。でも、そうも言ってられなくなった。ちょっと恥ずかしい話、できちゃったんだ」

「子ども？」

「そう」

「何だよ。よかったじゃん」

「まあね。でも何か、悪いような気もしちゃってさ」

「悪くないだろ。それは、めでたいことだよ」

めでたいという言葉はつらい。口にしてみて、やはり引っかかりを覚える。優平が僕を気使うのもわかる。だが、あえて言う。なるべく軽く聞こえるように。

「兄弟の場合、喪《も》に服すのは三ヵ月ぐらいだろ」

忌引休暇が十日もらえるのと同様、絵美を亡くしてから知ったことだ。誰を亡くしたかによって、一般的な服喪期間も変わるらしい。兄弟なら三ヵ月。それを知って、短いな、と思った。が、そんなものなのだろう。身内の誰かを亡くすたびに一年、とやっていたら、身動きがとれなくなる。

「でも、ほら、絵美さんは、若かったし」

絵美さん。名前が出ただけで、反応してしまう。心がヒリヒリする。

優平は、絵美のことを絵美さんと呼んだ。義姉《ねえ》さんやお義姉さんではなかった。わかる。そう呼ぶのは気恥ずかしい。僕も絵美の姉の久美さんのことは、久美さんと呼ぶ。

「父さんと母さんは、もう、結婚のことを知ってる?」

「まだ。兄ちゃんに訊いてからの方がいいと思って」

「だからそんな必要はないよ。早く二人に言えよ」

「兄ちゃんも承知って、言っちゃっていいのかな」

「いいよ。承知も承知。賛成だよ」

「よかった」

「理也子さんの親御《おやご》さんにも、まだ言ってないってことだよな?」

「うん」

「じゃ、そっちも言えよ。もし訊かれたら、気兼《きが》ねしなくていいと兄が言ってましたと、そう言っちゃっていいから」

「わかった。言うよ。で」

「で?」

「高原さんの方なんだけど。どうしたらいいかな」

「どうしたらって?」

「もちろん、言うことは言うんだけど。どんな形にしたらいいかなって。式とか披露宴に呼ぶのも、ちょっとあれでしょ。声をかけたら、断りづらいだろうし。そのあたりも理也子と話したんだけど、結論が出なくて」

「おれが話しとくよ」

「そうしてくれる？」

「ああ。むしろおれが話さないのは変だ。いきなり優平から話が来たら、おれは何をしてるんだってことになる。話せば、理解はしてくれるだろ。めでたいことではあるんだから」

「招待状を出すべきかどうかもわかると助かるんだけど」

「訊いとくよ。いや、そこまではっきりとは訊けないかもしれないけど、おれが受けた感触は優平に伝える」

「うん。頼むよ。何か悪いね、こんな時に。子連れの式とか披露宴は、できれば避けたくてさ」

それが優平自身の意見なのか理也子さんの意見なのかは訊かなかった。おそらくは後者だろう。

「優平」

「ん？」

「あやうく言い忘れるとこだった」と前置してから、言う。「おめでとう」

「あぁ。ありがとう」

「理也子さんにも言っといて」

「言っとくよ。喜ぶと思う」

「ただささ、家族同士の食事会とか、そういうのがもしあるなら、おれは遠慮してもいいかな。何か、ほら、村瀬さん側に気を使わせそうだから。楽しくないだろ、それじゃ」

「そんなこともないと思うけど」

「だとしても、まあ、おれはいいよ。式と披露宴にはちゃんと出るから」

「うん」

「その食事会とかは、優平がうまいこと言っといて。何なら、仕事が立てこんでるって言っちゃってもいいから。事実、立てこんでもいるし」

嘘だ。立てこんではいない。つまらないミスを犯してふうふう言っている程度だ。

「そんな時にこんな電話でごめん」と優平が謝る。

嘘を鵜呑《うの》みにされて、少し心苦しい。

「いや、いいよ。式の日どりとか、具体的なことが決まったら、また教えて。あ、そういえば、理也子さん、結婚して、仕事は？」

「辞めない。産休をとって、すぐに戻るみたい」

「子どもはどうする？」

「父さんと母さんに見てもらうことになるのかな」

「ウチの？」

「そう。いい？」

「いいって、それも、おれじゃなく、二人に訊けよ」

二人なら、まちがいなく、いいと言うだろう。それどころか、大喜びするだろう。待望の初孫なのだから。

「そうするよ。じゃあ、そういうことで」

「理也子さんの体に、気をつけてな」

「うん。兄ちゃんも」

「おれも、何？」

「いや、体に気をつけてって意味」

「それは、どういう意味？」

「深い意味はないんだけど。母さんが、カップ麺ばかり食べてないだろうねって、心配してたから」

「だいじょうぶ。食べてないよ」一日一個しかね。

「ならよかった」

「よかったって、お前、カップ麺を毒みたいに言うなよ」

「あ、ちがうよ。そんなつもりじゃない」

「わかってるよ。じゃ、理也子さんによろしく」

「うん。じゃあ」

電話を切って、スマホをテーブルに置く。ガラケーに比べると会話がしづらいな、と思う。まず重い。

四本めの缶ビールを手にとって、ガブガブ飲む。

優平が、結婚。うまくいってほしい。うまくいくだろう。優平なら。

ただ、うまくいってはいても、タクシーは崖から落ちる。そういうこともあるのだと優平は知っている。それだけでも、ましかもしれない。いきなり警察から電話がかかってきた時に、もしや、と思える。金槌《かなづち》で殴《なぐ》られた衝撃を、木槌で殴られた衝撃くらいには、変えることができる。負う傷は変わらないが。

何であれ。子どもだけは生まれてきてほしい。タクシーとともに崖から落とされた北野家を、さらなる底に落とすのはやめてほしい。僕や優平はともかく、父や母を傷つけないでほしい。

優平と理也子さんは、合コンで知り合った。パン職人として朝が早い優平が初めて参加した合コンでだ。そして優平が勧めるベーカリーのパンを理也子さんが好きだったことから意気投合、そのまま付き合うことになった。

知り合うきっかけが合コンというのもどうなんだ、と思っていたが。結婚へと行き着いた二人を知る今は、それもあり、としか言えない。理也子さんのような相手と知り合えるのなら、合コンも捨てたものではない。

理也子さんは優平より三歳下。大学の英文科を出て、今は玩具メーカーに勤めている。留学経験があるわけではないが、英語が話せる。海外からの留学生をホームステイさせていたことがあるのだそうだ。いわゆるホストファミリー。それは村瀬家として今も続けている。だから、生まれてくる子の世話は北野家で、となるのだろう。皮肉な見方をすれば。絵美と僕に子どもがいなくて助かった、ということにもなるわけだ。

理也子さんとは、優平と三人で何度か食事に行ったことがある。絵美を加えて四人で行ったことも、一度ある。

その頃はまだ結婚という言葉が出る段階ではなかったので、そんなふうに考えたこともなかったが。絵美と理也子さんの相性がどうかと言えば。普通だろう。特に合うわけではないが、特に合わないわけでもない。義理の姉妹として、無難《ぶなん》にはやっていけたはずだ。

北野家の者たちの絵美に対する好感度は高かった。次男の妻となる理也子さんに対する好感度は、元気がいい分、絵美より高いかもしれない。

理也子さんによれば、玩具業界の国内市場は頭打ちらしい。少子化が進む一方だから、拡大する見込みもない。どのメーカーも、今はアジアを主とした国外市場に目を向けているという。ゆえに社員は英語力を求められもする。既婚女性でも、海外への赴任《ふにん》はあり得る。だからこそ、理也子さんも出産後すぐの復帰を考えているのだろう。社員として第一線から外されないために。

要するに理也子さんは、上昇志向のある人だ。優平にいずれ自分の店を持つことを勧めているというのも頷ける。自分の店。パン屋。どうせなら一国一城の主になれと、そうけしかけているわけだ。

無欲な優平とはうまい具合にバランスがとれていると、弟のことながら他人ごとのようにそう思う。結婚して完全な身内になってからも自分の店を持てと言いつづけられるかどうかはわからないが、理也子さんなら言いつづけそうな気もする。

僕が今の会社に入ったその翌年、優平はベーカリーの社員になった。

兄は麺で弟はパン。母がそんなことを言った。笑った。

兄だから就職は僕が先になったが、仕事への方向性を示したのは優平が先だ。僕が大学三年で、さて就職をどうしようと考えていた時、高校三年の優平は、すでにそのパンを口にしていた。食べていたということではない。言葉にしていた。

優平はパンをつくれるが、僕は麺をつくれない。優平が職人であるのに対して、僕は単なる取扱者だ。商品開発や製造はできない。

兄の僕に言わせれば、優平は少し変わっている。三十になる今はそうでもないが、子どもの頃はかなり変わっていた。

優平が好きなのは、映画でも音楽でもなければ、アニメでもゲームでもなかった。パンだ。これは優平自身がそう言った。お前、世界で一番好きな物、何？　パン。

事実、優平は昔からパンが好きだった。焼きそばパンも好きで、クリームパンも好き。フランスパンも好きで、食パンも好き。食パンは、焼かずに食べることもあった。マーガリンもジャムも塗らずに食べることもあった。優平は安上がりだと母に喜ばれていた。

高校三年になる時にはもう、自身の進路を決めていた。無駄をする気はないとのことで、大学受験のための勉強は一切せず、実際に専門学校の製パン科に進んだ。

父も母も反対しなかった。一応大学も受けてみたら、と、そんなことすら言わなかった。優平のブレないパン好《ず》きぶりを知っていたからだ。母は直接見て。単身赴任していた父は母から聞いて。

優平が通っていたのは大学への進学率が百パーセントに近い公立高だったが、そこで周りに流されることもなかった。教師と親との三者面談の席でも、大学には行きません、ときっぱり言ったらしい。進学率をどうにか百パーセントにしたい担任教師には、大学に行ってから考えてはどうかと言われたが、あっさりはねつけたという。優平のことだから、もちろん、やわらかくはねつけたのだろうが、ともかくそんな言葉に惑《まど》わされはしなかった。

絵美も加わった四人での食事会、というか飲み会の席で、絵美が優平に尋ねた。

「いつからパンが好きなの?」

「好きなのはそれこそ生まれた時からでしょうけど。初めてはっきり、これうんめ〜、と思ったのは、小学生の時ですかね」

それは僕も初めて聞く話だった。

小学校高学年の時に、家庭科の授業でバターロールを焼いた。これうんめ〜、が出た。それが始まりらしい。たかだか十一、二歳の小学生。しかも料理など、自分でしたことはおろか、手伝ったこともない男子。素人《しろうと》も素人。なのにこんなにうまく焼けるなんてパンすげえ。そう思ったという。おれすげえ、ではなく、パンすげえ、となるところが優平だ。

同じ経験なら、僕にもある。小学校に通っていた者なら、ほぼ全員あるだろう。僕も家庭科室でバターロールを焼いた。確かにうまかった。だがそこで終わりだった。焼きたてはうまいな。覚えとこう。その程度だ。

他にスクランブルエッグか何かをつくった記憶もある。過程のほとんどを、同じ班の女子にやってもらった。自分で料理をすることよりも、女子にやってもらうことに神経を集中させた。悪い意味にはとらないでほしい。料理は女子にさせちゃえ、ということではない。女子につくってもらった物を、食べたかったのだ。もう名前すら忘れてしまったが、同じ班には、バターロールやスクランブルエッグ以上に好きな女子がいたので。

飲み会の席で、優平はこうも言った。

「結局、世の中で一番かわいい形は、バターロールのそれなんじゃないですかね。というか、世の中で一番いい曲線は、焼き上がったパンのそれなんじゃないですかね」

「わかる」と理也子さんが笑い、

「わかるような気もする」と絵美も笑った。

「悪いけどわからないわ」と僕も笑った。「カップ麺をうまいとは思うけど、カップの形をかわいいとは思わない」

「でもミニタイプのカップとかは、かわいくないですか？」と理也子さんが言った。

「それは、小ささがかわいいだけでしょ」と返した。

「かわいいと思える小ささは重要ですよ。おもちゃだってそうですもん。例えば人形なら、かわいいと思える大きさの境い目って、やっぱりあるんですよ。これ以上大きいともうかわいいとは思えなくなるっていう境い目が。たとえカップ麺でも、そこは重要じゃないですかね。特に女子をターゲットにするなら」

そんなことを言われ、正直、たじろいだ。

優平は理也子さんを見て笑っていた。いや。あれは僕を見て笑っていたのかもしれない。兄ちゃんにはわからないんだろうなぁ、と。

今、優平は市川市のアパートに住み、そこから都内のベーカリーレストランに通っている。焼きたてのパンを売る、レストランで食べさせもする、といった店だ。

そこではオールスクラッチ製法なるものを採用しているらしい。工場でつくって運んできた冷凍生地をただ焼くのでなく、粉をつくるところから店でやるのだ。だから優平のようなパン職人が必要になる。

毎日午前四時に起きて、六時には出勤する。午後二時頃までずっとパンを焼き、それから翌日の準備をして、退勤。

朝四時起き。だが乗るのは始発に近い電車なので、空いていて快適だという。帰りも似たようなもので、学校帰りの高校生と一緒になる。自分が卒業した高校の子たちとも一緒になる。ぼくと同じ帰宅部の子たちなんだなぁ、と思って見てるよ、と優平は言っていた。ぼくの頃でもうダサいと感じてた制服をまだ着せられてるんだなぁ、とも思って。

ただパンを焼いていたい。パンを焼けてさえいれば充分。それが優平だ。お客さんからもらえるおいしいの一言がうれしいとか、パンで人を笑顔にしたいとか、そういうことでもないらしい。だから、自分で店を持つという発想にならない。

おいしいパンをつくる自信はあるけど、店を経営する自信はない。その二つはまったく別のことでしょ。それが優平の意見だ。おそらくは正しい。

とはいえ。店を持てと理也子さんに本気でけしかけられたら、どうなるかはわからない。人とはぶつからずにやっていくのもまた優平だから。もうパンは焼かないで、と言われたら、さすがに抵抗するだろう。だがそれ以外のことは、すべて受け入れるかもしれない。

優平も、職人ではあるが会社員。ということで、北野家は、父母と長男次男の四人全員が食品メーカーに勤めることになった。

父、行雄は、缶詰メーカーの社員だった。二年前に定年退職したが、それまではそこ一筋で来た。

本社が東京の会社ではなかったので、名古屋と静岡に単身赴任していた時期もある。あるというより、僕が小学校に上がった頃からはほぼずっとそう。東京支社時代に、同じくそこに勤めていた母、千代と知り合い、結婚した。そして僕と優平が生まれたわけだ。

母が江戸川区出身だったこともあり、父以外の三人はこちらに住んだ。単身赴任の父同様、常に賃貸住まい。優平が小学校に上がる時に浦安市に移った。後に僕はそこで荒井幹恵と出会い、優平はバターロールと出会うのだ。

父が缶詰メーカーに勤めていたからといって、僕らが缶詰食品ばかり食べていたわけではない。が、やはりなじみはあった。母は父の会社製の缶詰しか買わなかったし、サンドウィッチの具は他の何よりもまずツナにした。食後のデザートも、みかんや黄桃《おうとう》になることが多かった。果物は何が好き？　と訊かれ、黄桃、と答える小学生。今思えば変だ。僕らのような缶詰兄弟でもない限り、桃は普通桃だろう。

よその家の人たちが案外フルーツみつ豆を食べないことを知って驚いたのもこの頃だ。北野家では週に一回、もしくは二回食べていた。が、食べない人はまったく食べないのだ。マジで？　と僕は驚いた。そして僕が週二回フルーツみつ豆を食べることに対して、マジで？　と驚かれた。

僕と優平が食育《しょくいく》のようなことをされていたわけではないし、食への探求心が特別に強かったわけでもない。優平でさえ、パンに目覚めただけで、食そのものに目覚めたわけではない。僕が就職活動で食品メーカーを選んだのもたまたまだろう。

ただ。父からの影響がまったくなかったとは言えない。小学生だった頃に聞いた一言。いや、二言。基本的には盆と正月にしか顔を合わせない父が口にした、二言。

食べ物をつくる会社は潰れないんだよ。だって、物を食べない人間はいないからな。

その言葉は、長く耳に残っていた。

まったくもって見事な子どもだまし発言だが、実際、見事にだまされた。そうだよな、と思ってしまった。業界内では常に厳しい競争があり、その競争に敗《やぶ》れた会社はあっけなく潰れるという理屈には、まだたどり着けなかった。

ついでに言えば。父の後に優平が口にした二言。

そうだよね。だって、缶詰は長持ちするもんね。

それもやはり、長く耳に残った。

これまた見事な的外《まとはず》れ発言だが、そもそも僕の的自体が外れた位置にあった。これについても、そうだよな、と思ってしまった。長持ちすることは大事だよな、と。

そして今、僕はカップ麺をつくる会社に勤めている。単純な人間だと認めざるを得ない。

と、そんなことを考え、つい笑いそうになる。が、すぐにその笑みの素《もと》を自身の内へと引きこみ、霧消させる。不用意に笑いそうになったことを、苦々しく思う。

五本めの缶ビールをガブガブ飲む。

絵美のケータイを手にし、入力を再開する。

ちょっといやな数字。４４４４。

『端末暗証番号が違います』

よかった。

何が？

携帯の十一月

高原勇さんに、電話で優平の結婚のことを伝えた。理也子さんが妊娠していることも説明した。だからしかたないんです、とは言わず、言葉は慎重に選んだ。

「そう。それは、おめでとうございます」と、どこか乾《かわ》いた口調で言われた。語尾にございますが付いた。優平への敬意。そうとることにした。

「ありがとうございます」と返し、続けた。「あの、それで」

「祝電を送るよ」と遮《さえぎ》られた。「そうしてほしいと、絵美なら言うだろうから」

先に言ってくれてよかった。出席していただけませんか？　と訊かなくて済んだ。

勇さん自身、先手を打ったのだろう。

「お義母《かあ》さんと久美さんにもよろしくお伝えください」と言って、電話を切った。

その後、優平には、招待状は出さなくていいと伝えた。正直、それを望んでる感じではなかったよ、と。

優平は残念がっていた。が、言った。

「しかたないね。兄ちゃん、何かいやなことさせちゃって、ごめん」

「いやなことじゃないよ。おれがしなきゃいけないことだ。理也子さんには、謝っといて。祝福はしてくれてるから、とも言っといて」

どうするのがベストだったかわからない。優平と理也子さんが式や披露宴を先送りにするべきだったのか。無理にでも出席してくれるよう、僕が勇さんを説得するべきだったのか。勇さんが大人の対応を見せ、自ら出席するよと言ってくれるべきだったのか。あるいは。思いきって、何も知らせずに式や披露宴をやってしまうべきだったのか。

どれもよくない感じがする。となれば、今のこれがベストなのだろう。そう思うしかない。

同じように、何やらスムーズにいかないことは、他にもあった。こちらは仕事絡みだ。

総合スーパーのチーフバイヤーである島村さん。あの島村さんには、メールで謝りもしたし、会った時に口頭で謝りもした。その時はそれで収まった感じだった。が、後になって、ウチの納品量を減らすと言われた。こちらが青ざめるぐらいの減らしようだった。大手にしては冒険した新商品、ホワイトシチューうどんが発売されたばかりだというのに、それはない。

通知はメールで来た。電話ですらない。メールだ。

こちらは大慌てだった。島村さんがバイヤーを務《つと》める総合スーパーは都内各地にある。近県にもある。一店の売上も大きい。全店的にそれをやられてはたまらない。

だから話が大きくならないうちにと、こちらも迅速《じんそく》に動いた。具体的には、メールが来た翌日に、岸本課長が僕を連れて島村さんを訪ねた。島村さんは時間がとれないと断ったが、そこは無理を言ってお願いした。

課長は一応、菓子折りを用意した。五千円以上もする、洋菓子の詰め合わせだ。

「ご無沙汰してしまいまして」と事務所でそれを差しだす。

「いや、いいよ。何よ、これ」と言いつつも、島村さんは受けとってくれた。

「先日は、北野がすいませんでした。何か齟ちがいがあったようで。今後気をつけます。気をつけさせます」

「ああいうのは齟ちがいじゃ済まないよ。営業さんとして、絶対にやっちゃいけないことでしょ」

「本当にすいませんでした」と課長が頭を下げ、

「申し訳ありませんでした」と僕も頭を下げる。

島村さんに促され、ようやく椅子に座る。事務所の隅に置かれた簡易応接セットの椅子だ。黒のビニールレザー張りの。

無駄なやりとりを島村さんが嫌うことを課長は知っている。だからすぐに本題に入る。

「それで、今日伺《うかが》いましたのは、納品量のことでなんですけども」

「まあ、そうだろうね」

「はい。ウチも新商品を出したところですし。せめて従来通りに戻していただけないかと思いまして」

「で、さらに上乗せしろって言うんでしょ？」

「それは、まあ、できればですが」

「大手としての立場がある？」

「まあ、それも」

「あなたがたは、いつもそうなんだよ。別に北野くんだけじゃなくね。大手であることにあぐらをかいてるっていうかさ。どっかで、ウチの商品を置かないわけにはいかないだろって、思ってるでしょ」

「いえ、そんなことは」

「いかなくないんだよ。お宅の商品を置かないわけにはいかないなんてことは、ないんだよ」

「はい」

「お宅のより安く入れてくれるとこはあるからね。そりゃ、あの商品は置いてないの？って訊いてくる人もいるだろうよ。でも、なきゃないで他の物を買ってくれる人もたくさんいるよ。お客さんは、カップ麵を会社で選んでるわけじゃないからね」

「ええ。おっしゃる通りだと思います」

おっしゃる通り、でもない。半分は当たりで、半分は外れだ。顧客はカップ麵を会社では選ばない。が、ブランドというか、銘柄では選ぶ。あれがなければこれを買う、という人もいるが、あれがないなら買わない、という人も確実にいる。その点で、やはり強いブランドを持つ大手は強いのだ。どうにかその大手に入社できた僕自身がそう感じる。島村さんだって、そんなことはわかっている。

「こう言っちゃ何だけど、よそさんはもっと頻繁に店に顔を出してくれるよ。で、来たからには、あれこれ見てってくれる。岸本さんもさ、ほんとに久しぶりなわけじゃないと、顔を出さないでしょ？　あなたがたは、こうやって何かあった時じゃまあ、課長になったから、あちこち出歩いてもいられないんだろうけど。それでも営業課は営業課だよね。だったらもうちょっと気を配ってほしいわけよ」

「そうですね。配慮が足りませんでした」

「北野くんもさ、別に顔を出さないわけじゃない。来てくれることは来てくれるのよ。でも、何だろう、特にここ何ヵ月かはさ、ただ来るだけなんだよね。何か提案があるわけでもない。こっちの言うことを聞くだけ。意見を訊いても、新しいものは何も出てこない。販促グッズを渡して、売場を一回りして、はい、おしまい。厳しいことを言っちゃうと、何しに来てんの？　って感じだよ。売場でも、ただ棚をぼーっと見てるだけだしね。しかも自分のとことは関係ない、ドリンクの棚を見てたりさ」

反論できない。そんなことも、あったかもしれない。ただ来ているだけ。ただ見ているだけ。

「北野は、最近、身内に不幸がありまして」と課長が思いきったことを言う。

僕自身もいることだし、ここは言ってしまうべきだと判断したらしい。

「不幸？」

「ええ」

「誰か亡くなったの？」

「奥さんが」

「あぁ。そうなの」と、さすがに島村さんの口調も弱まる。「ご病気？」

「いえ、事故で」

「うわぁ。何だ、そうなのか。それは、大変だったね。いつ？」

「えーと、六月、だな？」

「はい」とこれは僕。

「半年前ですね」

半年前ではない。五ヵ月前だ。

「それは知らなかった。お悔《く》やみ申し上げます」と島村さんが頭を下げる。

「あぁ。どうも」と僕も再び頭を下げる。

五秒ほどの間を置いてから、島村さんが言う。

「ただ、そのことと仕事は別だからね。そうだとわかってるから、北野くんも言わなかったんだろうし」

「はい」と課長。「それも、おっしゃる通りです」

「だけど、まあ、事情はわかった。納品量は戻す。というか、減らさない。ただし、それだけね。増やしはしないから。よそさんだって、新商品は出してるからね。あくまでも、横一線。そういうことで、がんばってよ」

「ありがとうございます」と課長が言い、

「ありがとうございます」と僕も続く。

島村さんは初めからこうするつもりでいたのだと思う。課長がわざわざ出てきたことで、手打ちにする気でいたのだ。緩《ゆる》んだ大手に活《かつ》を入れるのが目的だったのだろう。

結果としては大成功だ。身内の不幸に見舞われた僕に免じて納品量を戻す。そんな形にして、恩を売ることができた。すべてをうまく収めた。もしかすると、そもそも僕が約束をすっぽかしたわけですらないのに。

できる人間とは、こんな人のことを言うのだろう。そうだとすれば。とてもじゃないが、僕はできない。

会社への帰り道。僕が運転する営業車の中で、助手席の課長は言った。

「まあ、とにかくよかった。島村さんはうるさ型なんだから、気をつけてくれよな」

「はい。すいませんでした」

午後五時。ただでさえ混んでいる都内の道路が、さらに混みだしていた。荒い運転をするタクシーが無理な追い越しをかけていく。ミラーとミラーが接触しそうになる。

クラクションを鳴らした。のは僕ではない。タクシーの運転手だ。ノロノロ走ってんなよ、という警告なのだろう。クラクションを鳴らし返しはしない。課長の手前だからではない。例によって、そんな争いに身を投じる気力がないからだ。

タクシーはぎりぎりの黄信号で交差点に突っこんでいき、僕は手前で停車する。停止線よりおそらく五十センチは前。余裕を持って、停まる。絵美が乗ったタクシーの運転手もあんな運転をしたんじゃないだろうな。そんなことを思う。

右から左へ、左から右へと、車が流れだす。フロントガラス越しに、それらを眺《なが》める。

「言いたくはないけどな」と課長が言う。「もう半年だろ」

はい、とは言わない。半年ではない。まだ五ヵ月だ。営業課長なら、大切な数字をまちがえないでほしい。

「忘れろとは言わないよ。もちろん、忘れられるわけがない。でもな、そろそろ前を見なきゃいかんだろ」

前は見ている。車が左右に流れている。僕以外の人たちは、動いている。見ようによっては、動くことで、僕の行く手をふさいでいる。

「歳下のことを言われたらいやだろうけど。福田もがんばってるみたいだぞ」

「みたいですね」とそこは返事をする。

福田。いきなり父親になり、異動していった福田だ。その異動も、中央営業本部から引っぱられてのものだと聞いた。福田は、島村さんのところとはまた別の総合スーパーへの大量納品を勝ちとった。それを聞いた中央営業本部長が直々《じきじき》に人事に掛け合ったというのだ。

中々やらない人間ではあったが、そもそも福田は営業に向いていた。ミスをした時のフォローが抜群にうまかった。何よりもまず、人に嫌われなかった。何やってんだよ、にはなっても、福田だからしかたないか、に持っていくことができた。そんな福田がやる人間に変わってしまったのだから、もう太刀打《たちう》ちできない。

信号が青になる。アクセルをゆっくりと踏み、車を発進させる。

「これは奥さんのことがどうこうじゃなく、その前から思ってたんだけどな」

課長がそこで言葉を切ったので、しかたなく言う。

「はい」

「北野は、もっとガツガツしてもいいんじゃないか？」

ガツガツ。どこかで聞いた言葉だ。そう。大学四年の夏に深夜の保養地で、絵美の口から聞いた。ガツガツしてないところが好き。

ガツガツしてないから、僕は絵美に好かれたのだ。だから絵美と結婚できた。そして今はこんなことになっている。じゃあ、結婚できなければよかったのか？

その問に、答は出ない。出せない。結果だけを重視して、何も考えずに言えば。結婚できなければよかった、になってしまうだろう。僕だって、好きな人を失いたくはない。つらい目には遭いたくない。

結果以外の部分も見て。あれこれ考えて。僕は結論を出す。絵美のことを知らなかったのなら別だが、絵美のことを知り、結婚したいと自身が思ったからには、結婚できてよかったのだと。だから、ガツガツしなくていいのだと。

「まあ、福田も、ガツガツっていうのとはちょっとちがうけど。できるなら初めからやれって話だよな」

同意もしない。反対もしない。僕に起きたのとはちがうことが、福田にも起きたのだ。質はちがうが、大きなことという意味では共通する。福田はそれを活かすことができた。活かせる類のことでもあった。

僕に起きたことは、活かせるだろうか。亡き妻のために、仕事をがんばれるだろうか。その二つを、結びつけられるだろうか。

その前に。僕だって、できることはやっている。毎日出社して、外まわりをして、時に残業もして、帰る。今はその状態をキープするだけではいけないだろうか。課長が絵美の事故の前からそう思っていたなら、僕はその程度の人間だということではないだろうか。

課長の価値観よりは、絵美の価値観の方が大事だ。ガツガツできない人間が無理にガツガツしてもしかたがない。歳上であれ歳下であれ、できる人はできる。できない人はできない。自分ができない人に分類される可能性もある。それだけのことだ。

「北野が大変なのはわかるよ。おれだって、今カミさんに先立たれたら、子どもを二人抱えて途方に暮れると思う。いや、子どもがいなかったとしても、途方に暮れると思うよ。むしろ子どもがいる分、気は紛《まぎ》れるのかもな」

「どうなんですかね」と、やや投げやりに言う。いないからわからないです、とまでは言わない。

一気に疲れが出たのを感じる。早く帰ってビールを飲みたい。今日はカップ麺はなし。その代わり、缶ビールを六本。そして明日の朝には、止瀉薬。

期限切れ分を飲みきり、ついに新しい物を買ったのだ。今度の期限は、四年後の二月。まあ、そこまでは必要ない。来年の二月でもいいくらいだ。このところ三日に一回は飲んでいる。一回四錠。一ヵ月もあれば、飲みきってしまう。

だがこの日。缶ビールを六本飲んで終了、疲れと酔いに任せて睡眠《すいみん》。というわけにはいかなかった。

会社に戻り、残務処理を済ませたところで、課長に飲みに誘われた。今日は帰って寝ます、と断った。

東京駅まで十分をかけて歩き、地下ホームに潜る。次の各駅停車で座っていこうか迷い、快速電車に乗る。

ドアのわき、手すりにもたれられる位置を確保できず、車内中程に立つ。一つの吊《つり》革《かわ》に両手でぶら下がる。

次の各駅停車で座っていたら、また荒井幹恵と会っていたかもな、と根拠もなく思う。だからこうしておいて正解なのだ、と無理にでも思いこむ。

今幹恵と会ったら、本当に話すことがない。明日の天気やあさっての天気や一週間先の天気について話すしかない。そうでなければ、しりとりをやったり、なぞなぞを出し合ったりするしかない。

結局、幹恵から電話は来ていない。前に会ったあの時から、およそ二ヵ月。もう来ないと考えていいだろう。

電車が新浦安駅に着いた時、ホームに降りた乗客の中に幹恵がいないか、何となく探した。いるわけはない。いたとしても、見つけられるわけがない。見つけたとしても、どうせ何もしない。

それから十数分。みつば駅で電車を降りると、いつもは乗らない下りエスカレーターに乗った。人の流れにも乗って改札を通り、みつばベイサイドコートへと歩く。

夏以降初めて、寒いな、と感じた。無理もない。もう十一月。秋も終わりに近い。夏以降初めてということは、絵美の事故以降初めてということでもあるのだな、と気づいた。

あれは六月下旬。もうすでに暑かった。梅雨時《どき》。かなり蒸《む》していたはずだ。

それが夏を経《へ》て、肌寒い。時間が経《た》ってしまった。まだ五ヵ月。じき半年。やがて年も替わる。事故は過去になる。いや、ならない。

エントランスホールに至るわずか四段の階段がきつい。それをどうにか上り、ホールへ。

まさかこの番号をケータイの暗証番号にしてないよな、と思いつつオートロックを解除し、重いガラスの扉を開けて、居住スペースに入る。エレベーターは一階に停まっている。

△ボタンを押す。

ドアが開く。

乗る。

運ばれていく。

エレベーターを八階で降り、通路を歩く。

絵美のカギを使って玄関のドアを開け、八〇八号室に入る。

三和土で革靴を脱いで中に上がり、狭い廊下を進む。

居間の明かりを点けて、奥の寝室に行く。

スーツから、長袖のTシャツとルームパンツに着替える。

台所へ移り、流しで手を洗って、うがいをする。

今日はヤカンに水を入れない。

カップ麺のビニールパッケージを破らない。

冷蔵庫から出した第三のビールを、缶から直に飲む。

立ったまま、二分でその一本を空ける。

二本めの缶ビールを持って、居間へと戻る。

布張りのソファに座り、リモコンでテレビをつけ、ない。

左手に絵美のケータイ、右手には缶ビール。

まずはビールを飲む。いつもならこれが三本めだが、カップ麺を省いたため、まだ二本め。ということで、いつも以上にガブガブ飲む。

ケータイのボタンで、５９５０、と入力する。決定ボタンを押す。

画面にこう表示される。

『端末暗証番号が違います』

わかっている。毎度のことだ。これで五千九百五十一回めになる。

今夜は缶ビールを六本飲むつもりでいる。いつもなら三本めのところを、まだ二本め。入力のペース配分がわからない。いつも以上にゆっくり入力するべきなのか。それとも、初めの頃のように、百ぐらいは入力するべきなのか。

迷いつつ、いつもの感じで入力していく。

そして十何度めかの入力をした時に、あれっと思う。

『端末暗証番号が違います』が出ない。画面に表示されない。

マズい。ついに故障か。壊れる時はいきなり。そのいきなりが、ついに来てしまったのか。

だが画面に異状は見受けられない。個人で設定した待ち受け画面ではない。シンプルに、今月、十一月のカレンダーが表示されている。

メニューボタンを押してみる。メールだの各種設定だの電話帳だのといった文字群が表れる。まさにメニュー画面だ。

気づく。

解けた。ロックが解除されたのだ。

嘘だろ、と思う。嘘ではない。不思議もない。いつかは解ける。初めからわかっていたことだ。

えーと、今入力した番号はいくつだったか。

思い返してみる。

確か、5963、だ。

参った。

ご苦労さん。そういうことだろう。

5963。解除。ここまでの入力、ご苦労さん。

笑いたいのに、笑えない。

ビールを飲む。ガブガブ飲む。

無理に声を出して、笑おうとする。乾いた声を出すつもりが、湿った声が出る。涙声という意味ではない。それとは程遠い。単純に、ビールのせいだ。喉を潤しすぎたせい。結果、笑い声にもならない。やはり、笑えない。

本当に、参った。

十四個めで解けてしまった。ビールを六本飲むつもりでいたのに、二本めで解けてしまった。

その二本めを一気に飲み干し、ソファから立ち上がって台所へ行く。冷蔵庫から三本めを取りだして、戻る。何だよ、解けるのかよ、とつぶやく。

三本めの缶ビールを、やけに急いで飲む。ガブガブガブガブ飲む。

絵美のケータイを一度パタンと閉じ、また開く。『キー操作ロック』の文字が画面に表示される。５９６３、と入力し、決定ボタンを押す。『端末暗証番号が違います』の文字は表示されない。合っている。一度だけの幸運、僕にとって幸運な誤作動だったわけではない。ケータイをテーブルの上に置く。

安心して、ビールをガブガブ飲む。安心しているのに、ガブガブガブガブ飲む。結局、三本めを空けてしまう。

四本めを取りに行き、戻る。

ふううううっと長く息を吐き、絵美のケータイを手にする。

もうそこからの躊躇《ちゆうちよ》はない。指は勝手に動く。僕がそれを見下ろす。指が指自身の意思で動いているように見える。替えたばかりの自分のスマホではこうはいかない。絵美がスマホに替えてなくてよかった。壊れる前に、どうせなら二人一緒に替えちゃおう、などと僕が言いだしてなくてよかった。

予想通り、過去のメールはほとんど消されていた。僕からのメールは一つもない。何かの思い出にと一つぐらい保護しているものもあるかと思ったが、なかった。しかたない。夫婦間で、メールはあくまでも事務的に使っていただけだ。〈愛してるよ〉〈わたしも〉などというやりとりはしたことがない。

絵美のケータイに残されていたのは、その日のメールのみ。その日。事故が起きた日だ。

それだけで、絵美がその後の事故を予想していなかったことがわかる。そんな悲しくも当たり前のことが、わかる。

メールは全部で五つあった。受信したものが三つ。送信したものが二つ。相手はすべて同じ。８。数字の８。そう登録されていた。

五つを時系列に並べると、こうなる。

受信。題名、到着時間。〈19時前に着けると思います。待っててね、エミリン〉

送信。題名、了解。〈エミリンは待ってます。お茶でも飲んで待ってます〉

受信。題名、カーナビ！〈山だから？　何と、カーナビが誤作動。反対方向に行っ

てしまいました。無念。ちょっと遅れます。19時半を過ぎてしまいそうです。何なら
エミリンは先にご飯を食べててください〉
送信。題名、ご飯。〈エミリンはご飯を食べずに待ってます。宿の人に話して、少
し遅らせてもらいます〉
受信。題名、ごめん。〈また迷いました。20時も過ぎてしまいそうです。ごめん〉
以上。
最後に受信したものへの返信はなかった。受信した時刻が、事故が起きた時刻の後
だったからだ。
メール以外にも、探せるものは探した。伝言メモ。音声メモ。テキストメモ。画
像。スケジュール。電話帳。
何もなかった。8へとつながりそうな手がかりもなかった。8で登録された電話番
号もない。その五つのメールだけが残されていた。ご苦労さん。ではこれをどうぞ。
と言わんばかりに。
着けると思います。カーナビ。宿の人。
充分といえば充分だ。8は、一人、自分の車で来る予定だったのだろう。温泉宿で
絵美と合流するつもりだったのだ。
メールの文面に、8が男性であることを明示した記述はない。僕は男ですが19時前

に着けると思います、だの、男らしく反対方向に行ってしまいました、だのと親切に言ってくれてはいない。無理をすれば、女性ととれないこともない。だがそのためには、相当な無理をしなければならない。このやりとりを見て8が男性だと思わない人は、おそらくいない。

あっという間に時間が過ぎていた。

気がつけば、缶ビールは六本めに入っている。自分で冷蔵庫に取りに行ったことを、覚えてない。ケータイを手放した覚えもないから、持ったまま、取りに行ったのだろう。ここ数ヵ月、仕事には一切発揮《はっき》されなかった集中力を、見事に発揮したわけだ。

それにしても。

エミリン。

メールだから、わからない。何らかの合意のもと、ふざけて言っていただけかもしれない。その手のことは、当事者以外には伝わらないものなのだ。電話でのやりとりなら、口調でわかることもある。だがメールではわからない。だからこそメールは、第三者の目にはひどく滑稽《こっけい》なものに映る。それが男女間のやりとりである場合は、特に。

事故から五ヵ月。初めの数週を除いて、ほぼ毎日、絵美のケータイに四ケタの数字を入力してきた。それをすることが日課になっていた。その日課が、今、唐突に終わった。明日からは、もうやる必要がない。僕は愚《おろ》かだが、この上、最後の999まで無意味に入力を続けるほど愚かではない。それをしてしまったら、もう破綻者《はたんしゃ》だ。

有意義な情報は何も見つからないと思っていた。たかがケータイ、そんなものが持主のすべてを表すはずがないと思っていた。もちろん、すべてを表しはしない。だが一面は表してしまうことがわかった。

絵美と僕は似ていた。が、同じではなかった。僕なら、消すことが可能であった四つのメールは消していただろう。8の到着が遅れることを知り、了解した旨を伝える。それでやりとりが完了し、用は済んだと考えたはずだから。最後の一つが残ってしまうのは、もう、どうしようもない。さすがの僕も、死んだ後にまでメールを消すことはできない。

その最後の一つ。〈また迷いました。20時も過ぎてしまいそうです。ごめん〉

これだけなら、相手は女性だと思えたかもしれない。カーナビ、も、宿の人、も知らずにそのメールだけを見ていたら、疑うべきではない、との消極的な理由で、そう思えたかもしれない。

本当に本当に、参った。

最悪な終わり方だ。8なる者の存在を知ってしまった。だがその8が誰なのかは、知りようがない。

まず僕は、絵美の友人知人のすべてを知っているわけではない。むしろ八割方、知らない。知っている二割に8が含まれていたとしても、気づける材料がない。出席番号が8番だった学生時代の友人なのか。背番号が8番だった友人なのか。僕ら夫婦と同じようにマンションの八〇八号室に住んでいた会社の知人なのか。自己紹介のたびに一々、好きな数字は8です、と言う謎の誰かなのか。

何であれ。絵美が一泊旅行に出たのは事実だ。それは否定のしようがない。

絵美は友だちに誘われたからと言って、いや、もう、こう表現していいと思うが、僕に嘘をついて、一泊旅行に出た。嘘をついた自覚は当然あったはずだ。もしかしたら、友だちだと言えば僕がいつもの若菜さんだと思いこむことまで、想定していたかもしれない。

そしていつも通り、いいんじゃないかな、と僕は言った。旅行に出ても、いいんじゃないかな。

今になれば、空々しく聞こえる。旅行に出てもいいかと妻に訊かれたのに、いいんじゃないかな、と答えている。自分の意思をはっきりとは示さず、自身が第三者であるかのような答え方をしている。そうすることで、一般的にはよくないんだろうけど、と微《かす》かに示している。理解ある夫のふりをしている。

そして、タクシーは落ちる。落ちた。

もう知りようがない。絵美の心情も。真実も。

こうして今、半端《はんぱ》な事実だけを知ってしまった。こんなことなら、何も知らない方がよかった。転落の衝撃でケータイが壊れていた方がよかった。何も知らなければ、悲しみを悲しみとしてのみ、受け止めていられたのだ。若菜さんが同行していなかったことを疑問に思いはしたろうが、手がかりが一つもないことで、思考は先へと進まなかったにちがいない。一人旅だと無理に思いこむことだって、できていたはずだ。

自分のスマホから、8にメールを出してみた。

届かない。アドレスが変更されたらしい。

ソファから立ち上がり、頭を冷やすべく、ベランダに出る。

十一月の夜。八階。寒い。肌寒いのではない。はっきりと寒い。

十五階建てマンションの八階。そう高くはない。同じ十五階建ての向かいのマンション。その上に夜空が見える。左方には、三十階建てのマンション、ムーンタワーみつばも見える。三十階って、値段まで高そうだね、と絵美が言ったのを思いだす。

二人でこのベランダに出ていた時。絵美はこう言ったこともある。

ここから落ちたら死んじゃうかな。

頭から落ちたら、アウトだろうね。

アウト。僕はそう言った。アウトとは何だろう。死は、アウトなのか？　まあ、セーフではない。

やはり寒い。たった五分で、手や足が冷える。あと五分いたら、体の芯までもが冷えるだろう。

ただ。肝心の、頭だけが冷えない。

僕はベランダから居間へと戻る。

七本めのビールを開けるために。

重体の十二月

駅の階段で転んだ。下りでなく上りだったので、助かった。

いくつか上の段に両手をつき、無様《ぶざま》に這《は》いつくばる格好になった。だが両手をつけたからよかった。そうでなければ、額《ひたい》から段の角に突っこんでいたところだ。

昔、実際に突っこんだことがある。

小学四年生の頃。母と優平との三人で、恐竜の博覧会を観に行った時だ。夏休みだったが、父は単身赴任で名古屋にいた。だから、三人。

正直なところ、恐竜に興味はなかった。博覧会的なものにも、興味はなかった。だが優平が行きたいと言ったので、僕も行くことになった。

気乗りのしなさが行動に表れていたのかもしれない。僕は自分の荷物であった小さなボストンバッグを後ろ手に持っていた。持ち手に左右の手を引っかけた状態、バッグをリュックとして背負う直前のような状態だ。

やや前のめりの体勢で、僕は駅の階段をチンタラ上っていった。段につまずいて、コケた。両手の自由が利《き》かなかったため、額から段の角に突っこんだ。

ゴチン、と当たる感触があった。うわ、転んだ！　との焦《あせ》りが先に来て、痛みはさほど感じなかった。

ほら、そんなふうにしてるからよ、と言って、母が後ろから助け起こした。そして振り向いた僕の顔を見て、声を上げた。

「チッ！」

舌打ちをしたわけではなかった。

「血が出てる！」

大げさだよ、と思いつつ、左目のすぐ上、眉《まゆ》の辺りを触ってみた。

大げさではなかった。ギョッとさせるに充分な量の血が、左手にべとりと付着した。はっきりした赤だ。薄くない。濃かった。

それを見てしまったことで、途端《とたん》に痛みが来た。

「イテテテッ」

そんな僕を見て、まだ三十代半ばであったはずの母は、当の僕以上に焦った。

「いやだ。どうしよう」

まずは僕と優平を連れて、再び駅のホームに下りた。そして僕に自分の白いハンカチを渡し、ちょっと待ってなさい、と言い残して、どこかへ走り去った。

兄弟二人になると、優平が言った。

「痛い？」

「決まってんだろ」

白いハンカチがドラマチックに赤くなった。血がホームにポタポタ落ちた。

「すげえ」と優平が言い、
すげえ、と僕も思った。

どうしたの？　だいじょうぶ？　と声をかけてくれる大人たちもいた。どう説明すればいいかわからなかったので、今お母さんが、と言って、母が走り去った方を指さした。

母は若い駅員さんを連れて戻ってきた。

「あぁ、これは大変だ」とその駅員さんは言った。

そして、何と、僕らを病院に連れていってくれた。幸いにも、その駅のすぐ近くに、JRの職員が診《み》てもらう病院があったのだ。

そこで僕は、確か三針縫《ぬ》った。縫われた。

まずは眉毛を剃《そ》られ、額に麻酔《ますい》の注射を打たれた。これが一番痛かった。弟に見られているとの意識がなかったら、おそらくは泣いていた。それからガーゼで目隠しされ、目の上をゴニョゴニョやられた。麻酔のおかげで痛くはなかったが、何かされているという感覚はあった。

処置は無事完了し、生まれて初めて、頭に包帯を巻かれた。

「すげえ」と優平が言った。

「すげえ」と、鏡を見て、僕も言った。

その後、三人で駅に戻り、駅員さんにお礼を言った。いえいえ、これも仕事ですから、と駅員さんは言った。立派な人だ、と小四ながら思った。

母は、日をあらためてもう一度、菓子折りを持って駅員さんにお礼を言いに行ったはずだ。いや、菓子折りではなく。それこそフルーツ缶詰の詰め合わせだったかもしれない。

そんなわけで、結局、恐竜の博覧会には行けなかった。そのことで一応謝ると、優平は言った。

「いいよ。ぼくもそんなには観たくなかったし」

僕に気を使ったのではなく、その前の段階で母に気を使っていたのだとわかった。

優平は優平なりに、いかにも小学生男子が行きたがりそうな恐竜の博覧会に行きたいとせがむことで、母を喜ばせようとしていたのだ。当時はパートに出ていた母が、夏休みなのに旅行にも出れなくてごめんね、と僕らに謝っていたから。優平自身は意識してそうしたわけではなかっただろう。だが僕はそうとった。

つまり、兄も弟も大して観たくない恐竜の博覧会をわざわざ観に行ったために、兄は駅で転び、傷を負ったわけだ。

と、まあ、つい思いだしたそんな話はいいとして。

今の僕は、もう三十三歳。通勤用のバッグを後ろ手に持ってチンタラ歩いてはいなかった。だからこそ、額から段の角に突っこまずに済んだ。

とはいえ、見通しが悪いわけでも何でもないごく普通の階段でそんなふうに転んだのは、さすがにショックだった。

もう三十三歳。見方を換えれば、まだ三十三歳。段につまずくことはあっても、どうにか踏みとどまるものだ。前に両手をつくことなど、まずない。なのに、そうなった。筋力が衰《おとろ》えているのだろう。夕食はカップ麵のみだから。さらに、ここ最近は下りでさえエスカレーターを使うようになり、ほとんど歩かないから。

小四の時のように、近くを歩いていた人に言われた。四十代ぐらいの女性だ。

「だいじょうぶですか？」

「あぁ、はい」と応《こた》えた。

だいじょうぶです、とは言えなかった。だいじょうぶと言いきる自信がなかった。続けて、本当にだいじょうぶですか？　と訊かれていたら、だいじょうぶではないです、と答えていたかもしれない。

いよいよ危《あや》うい感じがした。残念ながら、自分は強い人間ではない。そう認めるしかなかった。

さすがにマズいと思い、この日の帰りは久しぶりにコンビニに寄り、スタミナミックス弁当なる物を買った。ハンバーグにチキンステーキにソーセージにコロッケ。若々しいおかずがこれでもかと詰められた、カロリーが高そうな弁当だ。

それを食べ、深夜に吐いた。あたったからではない。食べた上で、缶ビールを六本飲んだからだ。

午前二時過ぎに目が覚め、何だか気持ち悪いな、と思った。思ってからが早かった。起き上がってからも早かった。立ちくらみにも見舞われつつ、僕はふらつく足どりでトイレへと走った。ぎりぎり間に合った。厳密に言えば、アウト。そう。死と同じ。

便座カバーに、嘔吐物《おうとぶつ》が少しかかった。食べた物は、ほぼすべて出た。ハンバーグソースやステーキソースやコロッケにかけた中濃ソースの味、というか臭《にお》いが喉の奥からこみ上げ、それでまた吐いた。

まさに八方ふさがりだ。やることがすべて裏目に出る。普通にやればよかったのだ。普通に幕の内弁当か何かを買って、缶ビールは三本に、いや、せめて元通りの四本に抑えておけばよかったのだ。だがそれができなくなっている。極端に走るようになっている。

マズいぞ。本当に、マズい。

言いながらも、翌日は、順番通りにしお味のカップ麺を食べ、缶ビールを六本飲んだ。

この形こそが元通りだ、と自分に言い聞かせる。缶ビールを六本。ただしアルコール度数は低め。もう、酔っているのかいないのか、よくわからない。

ケータイの数字入力がなくなって、左手がさびしかった。そこで絵美のケータイを取り、電話帳を画面に表示させる。

様々な友人知人の名前があった。その一人一人に電話をかけて、あなたは数字の8と何か縁がありますか？　と訊いてみようかと思った。やめた。

知っているところでは、俊英、があった。高原勇、高原基子、高原久美、もあった。高原家、もあった。たかはらけ、ではなく、たかはらいえ、と読むべきだろう。おそらくは実家の固定電話だ。

俊英、に名字が付かないことがうれしかった。絵美自身と同姓。絵美にとって僕は、下の名前だけで足りる人物なのだ。

他にも、北野行雄、北野千代、北野優平、があった。北野家、もあった。きたのいえ、だ。ではベイサイドコートのこの北野家はどうなっていたかと言うと。北野、になっていた。

父と母と優平の三人には、北野が付いた。世帯がちがうからだろう。あるいは、電話がかかってきた時、画面にいきなり、行雄、や、千代、と出てもぴんと来ないからかもしれない。

僕自身は、勇さんと基子さんをそれぞれ、高原父、高原母、と登録している。姉の久美さんだけは、高原姉、ではなく、高原久美、だ。勇さんや基子さんのことは、お義父《とう》さん、お義母さん、と呼ぶ。だが久美さんのことは、そのまま久美さんと呼ぶから、やはりわかりやすいようにそうしているのだ。

知っている名前はそのくらいだろうと思ったが、ちがった。

そう。これがあった。内田若菜。

僕にしてみれば、吸引力がある名前だ。事実、吸われた。目がその四文字から離れなかった。

「若菜」とその名を口にしてもいた。「内田若菜」

絵美同様亡くなったと、一度は僕が思いこんだ人だ。生き残った人、生き返った人だ。

頭の中で、何かがグルグルと渦《うず》を巻いた。アルコールの酔いから来るグルグルとはまたちがっていた。物を考えたいが考えられない。そのグルグルだ。

考えるよりは思う、思うよりは感じることを優先した。きちんと考えれば、優先するべきではないとわかる。だが考えられないのだからしかたがない。もう、理屈も何もない。

画面を開いたまま、絵美のケータイをテーブルに置く。代わりに自分のスマホを手にした。まだうまく操作できない。だが電話をかけるくらいはできる。

絵美のケータイは、もう生きてない。壊れてはいないが、契約は解除してしまったので、通話やメールはできない。今はただ持っているだけだ。まだ契約していたとすれば、そのケータイでかけていたかもしれない。そして若菜さんをひどく驚かせていたかもしれない。

何せ、北野絵美、もしくは、絵美、と画面に表示されるのだ。驚くだろう。いや。もしかしたら、表示はされないか。絵美の番号はすでに削除された可能性もある。

ビールをガブガブ飲んで、勢いをつける。

そして、絵美のケータイに表示された番号を見ながら、若菜さんに電話をかけた。

あちらの画面には、僕のスマホの番号、つまり知らない番号が表示される。出てはくれないかもしれない。留守電に切り換わったらどうする？　何も言わずに切ってしまうか。それとも、北野俊英です、とメッセージを残すか。残すなら、何と言う？

そもそも、用という用はないのだ。電話をください、とは言えない。また電話します、もおかしい。何となくかけてしまいました、はもっとおかしい。何となく電話をかけてしまうほど、僕らは親しくない。二度会ったことがあるだけだ。共通の知人である絵美の、結婚披露宴と、葬儀で。

「もしもし」

出てくれた。

「あ、もしもし。すいません。あの、北野です。北野俊英です。えーと、絵美の」

「あぁ、はい。北野さん。こんばんは」

「どうも。突然すいません。しかも夜遅くに」

「まだそんなに遅くないですよ」

「そう、ですか。今、何時でしたっけ」

慌てて壁の時計を見る。絵美が輸入雑貨店で買ってきた、壁掛け用にしては小さな時計だ。すぐ狂う。遅れる。その時計によれば、十時前。

「十時四分ですね」と、若菜さんが、おそらくは正確な時刻を教えてくれる。

十時過ぎ。微妙だ。人によっては遅いと感じ、人によっては遅くないと感じる。若菜さんは。まだそんなに遅くない。アウトではない。ぎりぎりセーフ。

「特に用があるわけではないんですよ」とまず言ってしまう。「といって、まったくないわけでもないですけど。絵美のケータイが、残ってまして」

「残ってた」

「ええ。事故でも、壊れずに」

「あぁ。なるほど」

「その前に。今、話をしてもだいじょうぶですか？」

「はい。もう家ですし」

「じゃあ、よかった。で、えーと」

ロックを解いたことを言おうか言うまいか迷った。言うことにした。言わないと、事故から五ヵ月半後というこのタイミングで僕が電話をかけてきたことを不思議がられそうな気がしたからだ。

「どうにかダイヤルロックが解けまして、それで、当然、内田さんの番号も中にあって。葬儀の時にちょっとお話はしましたけど、時間もなかったので。またお話しさせてもらえればと」

言ってから、気づいた。

変だ。僕はロックが解ける前から若菜さんの番号を知っていた。事故の翌日、会社に電話をして折り返しをかけてもらった。その番号は、さすがに消さなかった。電話をもらっただけなので、登録まではしていないが、着信履歴を残してはいる。残しているのはそれ一つしかないから、若菜さんの番号だと、自身、わかってもいる。

「絵美は、いえ、絵美さんは、ケータイにダイヤルロックをかけてたんですか？」と訊かれた。

「はい」と答え、説明する。「僕が勧めたんですよ。セキュリティのためにかけといた方がいいって」

「珍しい、ですね。旦那さんが奥さんにそれを勧めるって」

「そう、なんですかね」

「わかりませんけど。すいません。結婚してない者が、何か勝手なことを」

「いえ」

若菜さんは、結婚していないのか。まあ、そうだろう。一泊旅行に絵美を誘うくらいだから。いや、誘ってはいないが。誘ってもおかしくはない相手と認定されたくらいだから。

「あらためて言いますけど。絵美さんのこと、本当に残念です」

「そう言っていただけて、何よりです」

ありがとうございます、とも、うれしいです、とも言えないので、そんな表現になる。

「北野さんは、だいじょうぶですか？」

「だいじょうぶです」そこは言ってしまう。「ありがとうございます」

そして缶ビールを飲む。さすがにガブガブではなく、気づかれないように、ユルユル。どう見ても、だいじょうぶではない。

若菜さんが黙っているので、自分から言う。

「ご迷惑をかけてしまって、すいません」

「いえ、わたしは全然」

「でも気分がいいわけないですよね。内田さんと旅行に出たと思われて。絵美がああなって。電話がかかってきて。葬儀に行かされて。本当に、すいません」

正直に言ってしまえば。そんなに悪いと思っているわけでもない。ただ謝りたい。こうして謝れていることが心地いい。最低だ。若菜さんを利用している。絵美とつながりを持っていた人と接したい。そんな気持ちが、どうしても、ある。

「あの、北野さん」

「はい」

「今度、お会いしませんか？」

「え？」

「わたしも、北野さんとお話ししたいです。お会いして、きちんと」

「あぁ」

「別に話さなきゃいけないことがあるわけではないんですよ。ただ、このままだと、何かやりきれなくて。だからこうやって北野さんが電話をかけてきてくれて、実はほっとしてます。わたしからかけるべきではないだろうと思ってたので」

事故から五ヵ月半。ロックも解除され、あの結果。そして僕自身の、この有様《ありさま》。

確かに、いい時期なのかもしれない。考えなくていい。会え。

「内田さんがよろしければ、ぜひ」

「じゃあ、会いましょう。北野さんは、土日休みですか？」

「営業なので、平日と半々が多いです。一日は土日のどちらかでもう一日は平日、という感じですね」

「わたしもそんなです。知ってますよね？　絵美さんと同じ会社だから。で、えーと、お勤めの場所は、どちらですか？」

「東京です。そのもの東京。八重洲です」

「近いんですね。わたしは八丁堀《はっちょうぼり》ですよ」

ならば僕も帰り道。ということで、八丁堀にあるファミレスで会うことにした。居酒屋も変。バーも変。カフェなら変ではないが、近所に適当な店がない。だから、ファミレス。

「いつがいいですか？」と訊かれ、

「いつでも。お合わせしますよ」と答えた。

もう十二月。暮《くれ》も押し詰まってからよりは、早い方がいい。

同じことを思ったらしく、若菜さんは言った。

「じゃあ、明日はどうですか？　それならわたし、たぶん、早めに出られますし。ちょっと急ですか？」

「いえ」

悪くないかもしれない。僕も、早めに出られないことはない。そもそも最近は、外まわりの予定を詰めこんだりしていない。

「明日にしましょう」と言った。「午後七時ぐらいでいいですか？」

「明日でその場所なら、六時半でも」

「じゃあ、そうしましょう。六時半。万が一遅れるようなら、電話しますよ」

「ちょっとぐらいならいいですよ。何か飲みながら本でも読んでますし」

「わかりました。かなり遅れそうな時だけ電話します」

「では明日」

「はい。いきなりで、ほんと、すいませんでした」

「いえ。じゃあ」

「どうも」

電話を切った。

絵美のケータイを閉じる。その横に、自分のスマホを並べる。

缶ビールを飲む。ガブガブでもユルユルでもない。その間ぐらいの感じで。

飲みながら、テーブルの上のケータイとスマホを眺める。考えてみれば、このスマホで私用の電話をかけたのは初めてだ。受けたことはある。母と優平から、それぞれ二回ずつ。

母はいつものように、ちゃんとご飯食べてる？という電話をかけてきた。食べてるよ、と嘘をついた。いや、嘘をついたわけではない。すべての情報を明かしはしなかっただけだ。毎日カップ麺を食べてるよ、とは言えないし、缶ビールを六本飲んでるよ、とも言えない。時には吐いてるよ、とはとても言えない。

優平は、式と披露宴の日どりが決まったという電話をかけてきた。一月にしたかったが、希望する銀座のホテルの予約がとれなかったので、二月。その頃にはもう理也子のお腹《なか》が目立つようになってるかもしれない。でもしかたない。そんなことを言った。やはりそうと気づかれないようユルユルとビールを飲みながら、僕はあらためて、おめでとう、と祝福した。ありがとう、と優平は言った。ごめん、とも言った。結婚を急いじゃってごめん、という意味だ。

翌日は、ほとんど何もせずに過ごした。

午後に、約束をしていた小さな食品スーパーを訪ね、新商品であるホワイトシチューうどんの売れ行きを確認した。

売れてはいるが爆発的にではない。それがバイヤーの評価だった。数字に表れている通りの感じだ。一応、陳列棚を増やすことを提案してみたが、スペースがないと却下された。

それからは予定を入れていなかったが、その後にファミレスで何杯もコーヒーを飲むことがわかっているのにカフェで休憩する気にもなれず、近場にあるさらに小さな食品スーパーにぶらりと寄った。

アポはとっていないので、一声かけて売場を見せてもらうだけにするつもりでいた。が、ちょうど出先から戻ったバイヤーに、ウチみたいな店まで見に来てくれるなんてうれしいね、と喜ばれ、結局、狭い事務所に通されてコーヒーを出された。

その店では、ホワイトシチューうどんは売れていた。十個まとめて買っていく人もいたそうだ。

やっぱりね、大手さんの物は強いんだよ。とバイヤーは言った。注目度が高いっていうか、見てる人は見てるっていうかね。中には、ほら、同じ物を毎日食べても飽《あ》きないって人もいるから。おれなんかは、毎日カップ麺じゃさすがにいやになっちゃうけど。

毎日は、そうですよね。と相槌《あいづち》を打っておいた。

いやぁ、でもほんと、うれしいですよ。こうやって来てくれると、こっちも売ろうって気になる。もっといい場所に置いちゃえ、とか、ちょっと多めに並べちゃえ、とかね。

ありがとうございます。いい場所に、たくさん並べちゃってください。

そこでの話が長引いたせいで、帰社時間が予定より遅れた。だから久しぶりに急いだ。

最低限やっておかなければならない翌日の訪問の準備をどうにか済ませて会社を出たのは、午後六時十五分だった。

若菜さんと会う約束をした八丁堀のファミレスが意外に近いことはわかっていた。初めてスマホの地図で調べたのだ。距離にして一キロ強。会社から歩いていけることが判明した。

歩きに小走りを交え、六時二十五分に着いた。

それだけで、もう息が切れていた。やはり筋力が衰えているのか、単に冷えこみのせいなのか、足にいやな震えがあった。

若菜さんはすでに来ていた。わかるかどうか不安だったが、すぐにわかった。いかにもな人待ち顔で出入口の方をチラチラ見てくれていたので、こちらも気づけた。若菜さんは若菜さんで、わかるかどうか不安だったのだろう。

「こんばんは」と若菜さんが言い、

「どうも」と僕が言う。

四人掛けのテーブル席、若菜さんの向かい側に座る。

「禁煙席ですけど、いいですか？」

「はい。タバコは吸わないので」

「よかったです。確か絵美さんがそう言ってたなと思って」

ウェイトレスが来て、一人に一つ、メニューを置いていく。若菜さんもまだ注文はしていなかったようだ。

「食事、しますよね？」と訊かれ、

「ええ」と答える。

メニューの中からなるべく軽そうなものを探し、たらこのスパゲティとコーヒーを頼んだ。若菜さんはオムライスとココアだ。

頼んだ品が来るまでは、それぞれの仕事の話をした。

若菜さんは、僕と同じ営業らしい。住宅設備機器。短くまとめても長い言葉になってしまうくらいだから、品目は多岐《たき》にわたる。台所、浴室、トイレ、部屋、車庫、庭。すべてに住宅設備機器は存在する。若菜さんは、中でも主に水まわりのアクセサリーを担当しているという。そう聞いても、よくわからない。わかるのは、大変そう、ということだけだ。

僕の会社のことも、若菜さんは知っていた。何と、ホワイトシチューうどんのことまで知っていた。あれ、食べましたよ、おいしかったです、と言ってくれた。僕が勤めていることを知ってからは、ウチの商品ばかり買ってくれているらしい。僕の手柄のように見えて、実はこれも会社の手柄だ。大手の物だからこそ、どの店にでも置かれている。だからそこの商品ばかり買うことができる。

オムライスとスパゲティが同時に届けられた。食べはじめる。

それをきっかけに、絵美の話も始める。口火を切るのは若菜さんだ。

「もう半年なんですね」

「ええ。厳密には、あと二週間で」

「こんなことをお訊きしていいのかわかりませんけど」

「はい」

「何かわかったんですか？　その、絵美さんのことで」

「いえ、特には」言い直す。「いや、ちがいますね。わかったこともいくつかあります。その先がわからないというだけで」

「絵美さんはケータイにダイヤルロックをかけてたって、おっしゃってましたけど。

それは、どうやって解いたんですか？　業者さんとかに頼んで？」

「いえ。僕が自分で解きました」

「すごい。そういう知識がおありなんですね」

「ということではないです。むしろ知識はないです。ケータイも、やっとこないだスマホに替えたくらいですし」

「じゃあ、どうやって？」

「順番に入力していったんですよ、自分で。四ケタの数字だからどうにかなるだろうと」

「ゼロからですか？」

「はい。0000から」

「大変」

「でも一万通りですからね。その気になれば、できますよ」

「あぁ、そうか。そうなんですね」

「普通は、一万と聞いて、無理無理、となるでしょうけどね」

「でも北野さんみたいなご事情ならなりますよね、その気に」

どこまで言えばいいだろう。そもそも僕は何を言うつもりで若菜さんと会うことにしたのだろう。今さらながら、そう思った。

「あの」とまずは言う。

「はい?」

「内田さんは、絵美のことを絵美さんと呼んでたわけではないですよね?」

「ええ」

「絵美、ですか?」

「そうですね。それか、エミリン」

「え?」

「エミリン。あだ名ですね。わたしが勝手に言ってただけですけど。そう呼ぶのは若菜だけだよって、エミリンも言ってました」

だけではなかった。そういうことか。絵美が8に話したのだろう。わたしをそう呼ぶ友だちがいる、などと。それを8がふざけて真似《まね》したのだ。おそらく。

「エミリンはともかく、さん付けはなしにしてもらってもいいですか? 何か、堅苦しい感じがするので」

「そうですね。そうしましょう。わたしも、絵美さんよりは絵美の方がいいです。エミリンでもいいですけど、どうします?」

「絵美で」

「わかりました。では絵美で」

何だそれ、と、自分で頼んでおいて、思う。だがしかたない。絵美の友人とは対等に話したい。絵美と若菜さんと僕は同い歳。敬語を用いないのは無理としても、せめて絵美へのさん付けはやめたい。やめさせたい。

「絵美は」と僕は言う。もう思いきって、言う。「浮気をしてたかもしれません」

そして一気に話す。

ケータイのロックが解けたこと。五つのメールが残されていたこと。それらはすべて8なる人物を相手にしていたこと。二人は温泉宿で合流するつもりでいたであろうこと。8だけが自分の車で来る予定であったこと。結果、絵美だけがああなってしまったこと。8が誰であるかはまったくわからないこと。見当もつかないこと。

「あぁ。だからエミリンではなく絵美、なんですね」と若菜さんは言った。

話に驚いてはいたが、驚きは思ったほど大きくない。

「それは、つらいですね。北野さんはかなりつらくて、わたしもちょっとつらい」

その反応を見て、言ってよかったと思えた。浮気というきつい言葉を用いてよかったとさえ思えた。

「あれから、わたしもいろいろ考えましたよ。同い歳の友だちを亡くしたのは、絵美が初めてだったから。いえ、小学校の時のクラスメイトが病気で亡くなってたのを後で知った、なんていうことならあるんですけど。親しく付き合ってた友だちが亡くなるのは、これが初めてなので」

「絵美とは、会社に入って知り合ったんですよね？」

「ええ。会社の同期とほんとに仲よくなることはないだろうと思ってたんですけどね。学生の頃みたいにはいかないだろうなって」

いかない。僕自身、個人的に親しい同期はいない。入社した頃は何人かで飲みに行ったりしたが、今はもうそんなことはない。敵対するようになったわけではないが、親しく付き合いもしない。結婚したせいでも、あるのかもしれない。

「でも絵美とだけは、仲よくなりましたね。何でだろう。初めは、ちょっと苦手だと思ったのに」

「苦手」

「ええ。初めだけ。それもわたしが一方的に思っただけです。あ、この人きれいだから警戒しなきゃ、となっちゃったのかな。でも話してるうちにそんな必要はないことがわかって驚きました。絵美はそれこそ大学の友だちみたいに、普通に話してくるから」

それは僕が知らない絵美の姿だと言えるかもしれない。絵美には、人に対してきちんと線を引くところがあった。相手による、ということか。そうでなければ、男女でちがう、ということか。あるいは。若菜さんの受けとり方がちがうだけなのか。

「人が亡くなると、その人がまるで天使だったみたいな言われ方をすることがあるじゃないですか。すごく優しかったとか、あんなにいい人はいなかったとか」

「ありますね」と同意する。

「で、少し時間が経つと、実はそんなに優しくなかった、むしろいやな人だった、になる。亡くなった直後は、その衝撃が大きいから、厳《おごそ》かな気分になるんでしょうね。だから変にほめちゃう。ほめ過ぎちゃう。それで、反動が来る。勝手にほめたのに、何か振りまわされたみたいに感じる。だから今度は、変にけなしちゃう」

「そうかもしれないですね」とやはり同意する。

「どっちの段階も過ぎましたよ、わたしは。だから絵美のことを、変によく見たりも変に悪く見たりもしないつもりです。亡くなったことは、すごく悲しい。この先もずっと悲しい。それは北野さんと同じだと思います。旦那《だんな》さんと友だちだから、程度はちがうでしょうけど、でも悲しいのは同じ」

ともにオムライスとスパゲティを食べ終える。ココアとコーヒーを飲む。

「絵美は、わたしと旅行に出ると言ったわけではないんですよね？　はっきり名前を出したわけでは、ないんですよね？」

「ええ。僕が勝手にそう思いこんだだけです」

「でも話を聞く限り、絵美はわかってましたよね。北野さんがそう思いこむだろうって」

「そう、なんですかね」

「だとしたら。絵美がそうしたことを、内田さんは怒ってますか？」

「いえ。わからないでもないんですよ。前にも一度、そういうことがあったから」

「そういうこと」

「はい。絵美がわたしを、あまりよくない言葉で言えば、利用すること。何に利用したのかは、もう忘れちゃいましたけど。北野さんと結婚する前の話で、別に怪《あや》しげなことではなかったと思います」

「どうやって、それがわかったんですか？」

「絵美が直接わたしに言ったから」

「内田さんを、利用したと？」

「ええ。若菜と会ってたことにしたって。悪びれずに軽く言ってましたよ。わたしに事後承諾《じごしょうだく》を得るためとか、そういうわけでもなく。迷惑はかけないから悪いことではないと思ってたんでしょうね。わたしも、あ、それ、わたし本人に言っちゃうんだって驚いた程度で、不快とは思わなかったし。今回も、絵美はそのくらいの感じだったんじゃないですかね。わたしはちっとも怒ってませんよ。だから北野さんも、そこは気にしないでください」

「そう言っていただけるなら、まあ」

「誰だって、一度ぐらいそんな嘘をついたことがありますよね。いや、一度じゃきかないか」

「内田さんも、あります？」

「うーん。ありますね。誰だったろう、大学の友だちを利用したかな。絵美みたいにきちんと白状はしませんでしたよ」

「白状すればいいというものでも、ないですけどね」

「でもしないよりはいいですよ。わたしも、白状されたことはなくて今回が初めてなら、それはちょっとって思ってたかも」

「ことがことですからね」

「ええ」

若菜さんがココアを飲む。僕がコーヒーを飲む。ほぼ同時にカップが空く。どちらかといえば、僕が若菜さんに合わせた。

「絵美が前にもそうしたなんて、北野さんに言うことじゃないですね。黙ってればいいことでした。でもわたし、嘘はつきたくないんですよ。いえ、つくことはつくんですけど。絵美のことで北野さんに嘘はつきたくないっていうか。だから、あれですよ、わたし、その8のことは、本当に知りません。絵美のことを思って隠してるとか、北野さんのことを思って隠してるとか、そういうんじゃなくて。本当に知らない」

あぁ、そうか、と思う。若菜さんが今日僕に言いたかったのはこれなのだ。

絵美が友人と旅行に出た。タクシーが転落した。絵美は亡くなった。友人はいなかった。

その時点で、普通は考えるだろう。絵美は僕に知られたくない相手と旅行に出たのだな、と。そしてこうも考える。自分は絵美と旅行に出た友人ではないが、旅行に出ると示唆《しさ》された友人ではある。絵美が旅行に出た相手を知っていると思われるのではないだろうか。知らないまでも、見当ぐらいはつくと思われるのではないだろうか。

「あの、僕もそんなつもりでは。内田さんが何か知ってればとは思いましたけど、知ってるはずだと思ってたわけではないんですよ。つまり、何というか、疑ってたわけではないです。疑ってたら、もっと早くに訊いてました」

「何か知ってたら、わたしももっと早く北野さんにお話ししてたと思います。と言いたいとこですけど。どうなんでしょうね。ちょっとわからない。知らないふりを、しちゃってたかもしれません。でも現実は。本当に知らないです」

「それは、信じますよ」

「いいんですか？　信じちゃって」

「え？」

「絵美のことだって、信じてましたよね。なのにこうなることも、ありますよ」

「そう、ですね」

「ただわたしは、本当に知らないです」

「やっぱり、信じますよ」

「いい旦那さんですね、北野さん」

「それは、えーと、皮肉、ですか？」

「まさか。そう聞こえたなら謝ります。すいません」

「いえ、そう聞こえなかったから、一応、確認しておこうと」

若菜さんが、空いた二つのカップに目を落とす。僕もつられる。

「ねぇ、北野さん」

「はい」

「お酒飲みませんか？」

「え？」

「ファミレスでも、ビールとワイングらいはあるはずだから」

「あぁ」

「なぁんて、実はさっき、メニューを見ておきました。ビールもワインもあります。どうですか？」

「えーと、内田さんがよければ」

「じゃあ、飲みましょう。わたしたち、しなきゃいけない話は、もうしましたよね？」

「おそらく」

「あとは、したい話をしたいです」

「というと？」

「好きだった絵美の話。あとはもう、ほめてほめてほめまくりたいです。変にほめるでも変にけなすでもなく、ただほめたい」

そんなわけで。ウェイトレスを呼び、グラスのビールを二つとつまみのフライドポテトを頼んだ。

グラスワインにするのかと思ったが、若菜さんもビールだった。二人でつまめそうなものがフライドポテトしかないからそうした、というわけでもない。ワインよりもビールの方が好きなのだそうだ。童顔で小柄。容姿に合わない。その前にまず、酒を飲みそうな感じがない。

「北野さんは、よく飲むんですか？」

た。


「よくは飲まないです」

　嘘も嘘。よくは飲まないというのは、五ヵ月半前までの僕のことだ。絵美と暮らしていた頃は、せいぜい休みの前日に三百五十ミリリットル缶を二本空ける程度だった。

　嘘はつきたくない、との先の若菜さんの言葉を思いだし、こう続ける。

「飲む時は結構飲みますけどね」

　嘘を嘘でなくしたつもりだ。飲む時は結構飲む。飲む時イコール毎日。結構イコール六本、場合によっては七本。言葉の意味上、嘘ではない。

　グラスのビールが届けられ、やや遅れて、フライドポテトも届けられた。さすがはファミレス。ポテトには二本のフォークが添《そ》えられている。

　さすがに乾杯はできないので、互いに軽く一礼して、ビールを飲んだ。

　第三のではない、普通のビール。いつも僕が飲んでいる物よりはアルコール度数が高い。麦の味が濃い。ムン、とくる。絵美が亡くなってから、店で飲むのは初めてだ。若菜さんが提案してくれたため、罪悪感はさほどない。

　今日は久しぶりに飲まない日になると思っていた。三ヵ月か四ヵ月ぶりに、一滴も飲まない日になるだろうと。また同時に。若菜さんとここで会い、午後十時か十一時に帰宅してから飲むことになるのではないかと危惧《きぐ》してもいた。飲みたくなったら抑《おさ》えられないだろうと。

それがまさか、ファミレスで飲むことになるとは。若菜さんと飲むことになるとは。

予告した通り、若菜さんは絵美をほめた。ほめてほめてほめまくった。絵美がいなかったら、わたし、二年ぐらいで会社を辞めてたかもしれません、と言った。

住宅設備機器メーカー。そこにはどうしたってリフォームなどの工事が絡む。それらの業者には、圧倒的に男性が多い。もう少し言えば、決して細やかでない男性も多い。そんな人たちは、相手を認めれば対等に扱うが、そう簡単には認めない。そこへきて、童顔で小柄な女性。会社そのものは大手。若菜さんはかなり大変な思いをしたらしい。

絵美はそんな若菜さんのことをいつも気にかけ、励《はげ》ましていたそうだ。わたしは人を励ますことで自分が励まされるタイプなの、と言って。だから若菜を励ましてるように見えて実は自分を励ましてるの、とも言って。

その頃の絵美は、僕と一時的に別れていた絵美だ。僕の知らない絵美。人として最も成長する時期にいたであろう絵美。この若菜さんの話からもわかる。絵美は実際に成長していたのだ。

旅行に出たことはなかったが、休みが合えば、若菜さんと絵美はよく遊びに出たという。映画を観たり、買物をしたり。二人でディズニーランドに行ったこともあるそうだ。絵美は彼氏の話もしたらしい。大学四年の夏から一年強付き合った彼氏。僕だ。

「すごくいい人だったって言ってましたよ。別れた彼氏をそう言えるのはすごいと思いました。ケンカをして別れたわけでは、ないんですよね？」

「ですね」

「だから再会した時にすんなりいけたって、後で絵美は言ってました」

ならよかった。別れたことにも意味はある。そこは僕と同意見だったわけだ。

「で、結婚する時は。若菜に北野くんの悪口を言わないでよかったたって」

「ほんとに言わなかったんですか？　悪口」

「ええ。再会して付き合う前は、すごくいい人、で、付き合ってからも、いい人」

「すごく、はとれたんですね」

「関係が深まったんですよ。あえて強調する必要がなくなったんです。わたしはそうとりました。あ、ポテト、食べてください」

そう言われ、食べる。

何も食べずに飲む習慣がついているから、どうしてもつまみに手が伸びない。ケータイへの入力がなくなり、左手は空いたままだ。埋めるものがない。例えば今だって、フォークは右手で持つ。

そこで、気づく。そうか。左手で缶ビールを飲めばいいのだ。右手は何か食べることに使って。

「絵美、きれいでしたね」

「はい？」

「披露宴の時」

「あぁ。僕は、何とも言いづらいですね」

「きれいでしたよ。たぶん、わたしがこれまで見てきた花嫁さんの中で一番きれいでした。花嫁さんのことは、みんな、わぁ、きれいって言いますけど、正直、そうでもないこともありますよね。その人がきれいではないってことじゃなく、あの花嫁さんメイクが合わないっていうか」

「それは、ありますね」

「衣装に負けないようにするためなのか、特別な日だからなのか、やり過ぎちゃうんですよね。というか、メイクさんに塗られ過ぎちゃう」

「自分ではそう思っても、中々言えないんでしょうね。やり過ぎですよ、とは」

「ええ。でも絵美はほんとにきれいでした。これをやられたらわたしなんかとてもじゃないけど花嫁にはなれないよって、思いましたもん。北野さんも、カッコよかったですよ。白のタキシードがよく似合ってました」

「あれ、着るのいやだったんですけどね」

「そうなんですか？」

「ええ。黒いのならともかく、白いのなんて着たことないですから。恥ずかしいですよ、あれは。見世物《みせもの》になったみたいで」

「新郎新婦は見世物ですよ」

「まあ、そうですけど」

「って、いいですか？　こんな話しちゃって」

「あぁ。はい」と言い、何故か慌ててビールを飲む。

勢いで、グラスが空いてしまう。量が少ないのだ。初めから。

「ビール、もう一杯飲みましょうよ」

「いや、でも」

「わたしはまだいいですけど、北野さんはどうぞ。何ならグラスじゃなく、ジョッキにしちゃってください。飲む時は結構飲むんですもんね」

若菜さんがウェイトレスを呼び、ジョッキのビールを頼む。頼んでしまう。

気をつけろよ、と自分を戒《いまし》める。若菜さんは僕の結構を知らない。知っていたら、勧めてはこないだろう。

それからは、若菜さんが僕に絵美のことをあれこれ訊いた。若菜さんが絵美と知り合う前のこと、大学時代のことなんかをだ。もっと後のこと、絵美の流産、には触れなかった。絵美が会社を辞めてからのことはいえ、知らないはずはないだろう。だが絵美と僕が結婚してからのことには踏みこんでこなかった。

訊かれるままに、僕は絵美の話をした。大学のゼミ合宿のことまで話した。胸が当たってるよ、と絵美に言い、わざと当ててるのよ、と返されたことさえ話した。

「エミリン、大胆！」と若菜さんは言った。

「すいません。エミリンはなしで」と僕は言った。言えた。冗談のつもりで。

「あ、ごめんなさい」と若菜さんが本気で謝った。

「いえ、冗談ですよ」と説明した。

顔までは、笑っていなかったらしい。

倦怠《けんたい》の一月

　年が明けてまず思ったのは、これであの事故は去年の出来事になった、ということだ。

　過去の出来事、ではない。あくまでも、去年の出来事。いや。物事は起きた次の瞬間からもう過去の出来事になるので、すべての出来事は一様に過去の出来事とも言えるのだが、まあ、そんな理屈で割りきれる人はいない。

　去年の出来事になることで、過去の出来事に一歩近づいた気はする。が、それをいいことと思えない。絵美が遠くなってしまう。そんな気もする。一年一年の区切りに意味などないとわかってはいるのに。もしかすると、過去は過去、歴史は歴史、と割りきらせるために、暦《こよみ》や年号といったものは存在するのかもしれない。忘れさせはしない、だが過ぎたものとはっきり認識させるために。

　その暦があまりいい具合に作用しなかったので、つまり、土日が三が日とうまく絡まなかったので、今年の年始休みは四日までだった。

取引先のスーパーには元日から営業しているところもある。元日だけ休んで二日からというところもある。だからといって、僕らメーカーの営業までもが休めないことはない。そこはやりようだ。何も三が日に売場展開の話をする必要もない。される側も迷惑だろう。

それでも、ちょっと顔出してよ、などと言ってくるバイヤーもいる。例の島村さんなんかがそのタイプだ。用のあるなしではない。単にこちらのやる気を見る。試す。

だが今年はそんなこともなかった。試されたら断ろうと思っていた。一方では、することもないから出ていこうかとも思っていた。試されなかった。島村さんも気が引けたのかもしれない。若くして妻を失った夫を試すのは。

元日は浦安市の実家に行き、二日は横浜市の高原家に挨拶に行った。

優平と理也子さんは二日に来るとのことで、実家では会わなかった。というか、そうなるよう、僕自身が元日を選んだ。妊婦の理也子さんに余計な気を使わせたくなかったのだ。

とはいえ、避けたと思われても困るので、優平のスマホに電話をかけるという形で話をした。喪中は喪中。新年の挨拶ではない。ただの話だ。

会うのを避けたわけじゃないからね、と冗談も言っておいた。顔は笑っていないとしても、電話なので見られる心配はない。理也子さんが笑ったのは、声だけでわかった。それ、半分は本音でしょう、などと言ってきた。明るい妊婦さんだ、と思った。思うだけで、口にはしなかった。妊婦や出産という言葉を僕が口にするのは縁起が悪いことであるような気がしたからだ。

そういえば。絵美が流産したことを、優平は理也子さんに話しているのだろうか。あれは今から三年前。いや、年が替わったから、四年前。優平はまだ理也子さんと知り合っていなかったはずだ。言わないままにしておくこともできる。

自分が優平の立場ならどうするか。

言わない。が、理也子さんの妊娠を機に、心配のあまり言ってしまう。そんなところか。

で、優平なら。自分の胸にしまっておくかもしれない。しまっておけるかもしれない。

翌二日の高原家の訪問は、自分から提案した。

年末に電話し、ご挨拶に伺います、と言って、都合を訊いた。そして二日の昼に決まった。泊まりはしなかった。お昼を一緒に食べただけだ。僕が来るということで、久美さんもいた。神奈川区の実家にではなく、鶴見《つるみ》区のアパートに住んでいるのだが。わざわざ来てくれたのだ。

高原勇さんと基子さんと久美さんと、僕。話というほどの話はしなかった。絵美の話さえ、ほとんどしなかった。避けていたと言ってもいい。仕事はどうだとか、優平くんはどうだとか、そんなことを主に勇さんに訊かれ、答えた。それだけ。

もちろん、8のことは明かさなかった。初めから明かすつもりはない。明かしてどうなるものでもない。

結局、高原家には二時間ほどしかいなかった。そこが限界だったと思う。お互い、会って話をしたという事実を残せればそれでよかったのだ。事故からは半年。まだすべてが収まるべきところには収まらない。だがこれでいい。そんな感じが、どちらにもあった。

休みの間、昼から酒を飲むのはよそうと思っていたが、そんなことはできなかった。元日は実家で飲んだし、二日は高原家で飲んだ。ただし、量は控《ひか》えた。そう好きでもない日本酒。飲みたくて飲んだわけでもない。

結果、夜は夜で、やはり缶ビールを飲むことになった。どうにか三本で抑えた。両日とも昼にそれなりの量を食べていたので、いつものカップ麺は食べなかった。

そして、三日の昼に電話が来た。何と、荒井幹恵からだ。

知らない番号がスマホの画面に表示されたが、出た。会社の誰かからの電話かもしれないからだ。

「もしもし」

「もしもし。北野くん？」

「はい」

「わたし。荒井です。荒井幹恵」

「あ、どうも」

「あけましておめでとう」

喪中ではあるが、絵美や事故についての説明を避けるべく、そこは言ってしまう。

「えーと、おめでとう」

「もっと早くに電話するつもりだったんだけど、何だかんだ忙しくて十二月になっちゃって。そしたら今度は年末でバタバタしちゃって。やっと落ちついたから、新年のご挨拶」

「あぁ。それでか」

「ほら、北野くん、わたしの番号を消しちゃったって言ってたでしょ？　だからかけたくてもかけられないかと思って」僕の言葉を待たずに幹恵は言う。「って、別にかけたくないか」

「あ、いや」

「でも一応、番号を教えとこうと。番号を知ってれば、出ないって選択もできるから。で、どう？　お正月、どうしてる？」

「別に何も」

「実家には行った？」

「うん。おととい」

「今は、みつば？」

「そう」

「奥さんは？」

　いきなり直球が来た。

　打ち返せない。見逃す。見逃した上で、あえて空振りする。強振ではない。打つ気のないピッチャーのような、相手にストライクを与えるための空振りだ。

「えーと、いない」

「あ、そうなの？　じゃあ、まるでわたしが隙を狙《ねら》って電話をかけたみたいじゃない」

　狙う必要はない。今の僕には隙しかない。

「ちゃんと言っといてね。女だけど、高校時代の友だちだからって」

　高校時代の友だち。その通り。元彼女ではない。付き合いかけただけだから。

「北野くんは、いつまで休み？　暦通り？」

「うん。明日まで」

「わたしも。せめて五日までは休みじゃないと、何か損した気分だよね。今回は暦が悪かったじゃない。年末は二十八日の月曜だけ出て休み。その代わり年始は四日までっていう」

「でも、一般的にはよかったんじゃないの？　二十八日を休めば、十連休になるし」

実際、僕の周りにも、その形にした者が何人かいた。

「仕事納めの二十八日は、休みづらくない？」

「どうだろう」

「といって、わたしの会社にもいたけどね。二十八日どころか、前の週の二十四日と二十五日も有休にして、二十三日の天皇誕生日から、何と、十三連休！　そうなると、もう、バカンスだよね。ウチみたいに小さい会社でそれをやらないでよって感じ。一人一人の負担、増す、増す。しかもそれをやったのが、入社二年めの子だからね。今の若い子はちがうよ。まあ、わたしたちも、その歳の頃は、上にそう思われてたんだろうけど」

「だろうね」

「って、これ、新年の挨拶の電話で言うことでもないか。じゃあ、また。行けたら飲みにでも行こうよ」

「うん」

「それじゃ」

「じゃあ」

そして電話は切れた。短い通話だ。他にも何人かにかけるのだろう。

いろいろなことが、意外だった。まず、幹恵が本当に電話をかけてきたことが意外だ。気軽に電話をかけてきたことも意外。さらりと、だが再度飲みに誘ったことも、意外。

電気ケトルのことを訊くのを忘れたな、と思った。一瞬、こちらからかけ直して訊いてみようか、とも思った。もちろん、そんなことはしなかった。ただ、荒井幹恵の名で、番号の登録だけはした。

幹恵自身も言っていた。登録さえしておけば、誰からの電話か知った上で出ないこともできる。だがどうだろう。知った上で出ないのは、むしろ胆力が要《い》ることだ。誰からの電話か確認した上で、出ない。楽は楽かもしれないが、心に澱《おり》は残るだろう。と、まあ、それこそ正月から考えることでもない。

翌々日の五日からは仕事に出て、各取引先への挨拶まわりをした。主要なところはひと通りまわった。主要でないところも、半分はまわった。

当然、島村さんのところへも行った。あえてアポはとらなかった。不在ならそれでもいいと思っていた。高原家を訪ねた時のように、来たという事実を残しておければいいと。

だがその島村さん自身がよそへの挨拶まわりから戻ったばかりで、ちょうど事務所にいた。あけましておめでとうございます、今年もよろしくお願いします、と挨拶した。君がその挨拶をしちゃマズいだろ、と言われた。島村さんなりの冗談だ。でもよろしく、今年はがんばってよ、とも言われた。今年も、ではなく、今年は、だった。そのあたりはさすがに島村さん。言葉にフックを仕込むのがうまい。

そんなこんなで一週間が過ぎ、社内社外どちらの空気からもようやく正月感が抜けきった頃。社員食堂で久しぶりに福田と出くわした。父親になって、やる人間に変わり、中央営業本部へと華々しく異動していった、福田だ。

八重洲には飲食店が多数あるが、外食はやはり割高になる。八重洲には弁当屋も多数あるが、割安感はそう強くない。弁当を買って持ち帰るくらいなら初めから社食で、となる。

ウチの会社はカップ麺をつくっている。同じく袋麺もつくっている。ひとまとめにして言うと、即席麺だ。ホームページの事業内容欄にも、即席麺の製造・販売、と出ている。

だから社食でも、たまに自社製の即席麺を使った変わり種メニューが出る。沖縄のソーミンチャンプルーを模したラーメンチャンプルーとか、汁なしのカレー麺とか。

夏場だと、冷やしラーメンサラダとか、冷奴《ひややっこ》うどんとか。

その日は煮込み麺定食なるメニューがあったが、夜にもカップ麺を食べる身なので、おとなしく、カニピラフサラダ付き、を選んだ。

そして一人、長テーブル席でそれを食べていると、すぐ隣に誰かが座った。福田だ。

「おつかれっす」

「あぁ。おつかれ」

「何か久しぶりですね、北野さん」

「そうだね」

「部署が替わるだけで、会わなくなるもんすね。同じ建物にはいるのに」

「僕は、ほら、あまり社食には来ないから」

「おれもです。今日はこの煮込み麺定食があるっていうんで、来てみました。これ、要するにあれですよね、韓国料理のプデチゲですよね。インスタント麺をそのままぶち込むっていう。しかも、あっためながらの鍋じゃなくて、先にもう煮込んじゃってるし」

「まあ、社食で鍋までは出せないでしょ」

「いやぁ、そこはがんばってほしいですよ、牛丼屋みたいに」

そんなことを言って、福田はその煮込み麵定食を食べはじめる。プデチゲとモツ鍋を合わせたようなおかずに、ご飯とサラダが付く。それで五百円は、やはり安いだろう。

「あ、でもこれ、うまいわ。さすがウチの麵。というか、おばちゃんの茹《ゆ》で方がうまいんすかね。ちょっと硬《かた》めに茹でといて、おれが食う今をベストな状態にするという」

そこまでは僕にもわからない。意見を言う代わりに、こんなことを尋ねる。

「新しいとこはどう？」

「うーん。どうなんすかねぇ。楽ではないかもしんないです。みんな、きちんとしてるし」

「期待されてるんだから、がんばんないと」

「期待されてるんすか？　おれ」

「されてるでしょ。でなきゃ、引っぱられないよ」

「それ、たまに言われるんですけど、ほんとなんすかね。おれ自身に、期待されてる感はまったくないですよ。いまだに下《した》っ端《ぱ》だし」

「中央営業本部にいることが、すなわち引っぱられたってことだよ。おいそれと新人をまわせるとこでもない」

福田は、一昨年《おととし》の四月に僕がいる営業課に来た。そして、去年の十月に中央営業本部に異動した。営業課の上に位置する、全体を見る部署だ。全体。日本国全域。福田の営業課への在籍は、わずか一年半。つまり引っぱられたということだ。引っぱられたのでなければ飛ばされたということになるが、中央営業本部は、飛ばされる場所ではない。

今度はこう尋ねる。

「子どもはどう？」

新しいとこはどう？　と変わらない。芸のない訊き方だ。

だがそこは福田、それだけで答をたっぷり返してくれる。

「かわいいっすねぇ。ムチャクチャかわいいっす。こないだ八歳になったからもうかなりデカいんすけど、毎日目の中に入れてますよ。全然痛くないです」

「名前、何だっけ」

「樹里《じゅり》です。正しくは、樹里亜《じゅりあ》。長いんで、呼び名が樹里」

そう。樹里亜だ。その樹里ちゃんの母親が付けたらしい。そして樹里ちゃんが五歳の時に、福田に押しつけたのだ。結婚する予定の相手が、連れ子を受け入れられなかったから。

「新しい写真、ありますよ。見ます？」

「うん」

僕がそう言った時には、すでに福田はスマホにその画像を表示させていた。待ち受け画面にしているのだ。

福田樹里亜。八歳、小二。顔のアップ。笑っている。この画像を撮影する福田に笑いかけていることが見る者に伝わる。いい写真だ。

「かわいいね」

「そうなんすよ。マジでかわいいんすよ」

お世辞《せじ》で言ったのではない。前にも見せてもらったことがある。その時も思った。大抵の子どもはかわいいが、この樹里ちゃんはそのレベルではない。ずば抜けてかわいいのだ。子どもの時だけかわいいこともあり得るが、そうではない気がする。育てば育つほどかわいくなりそうに見える。大学のミスコンで一位になりそうな感じがある。

「あんまりかわいいんで、スカウトされたらどうしようかと思ってますよ。断ったら罪かなぁ、とか。何ならこっちから売りこむべきかなぁ、とか」

「芸能事務所なんかに、入れるかもね」

「ですよね。客観的に見て、そうっすよね？　親バカじゃ、ないですよね？」

「ないと思うよ。で、何、今は、二人で暮らしてるんだっけ」

「基本は。でも、おれの母ちゃんが頻繁に来てくれてます」

「近くにいるの？」

「いえ。長野です」

「長野から来るわけ？」

「ええ。土日なんて、親父までくっついて来ることがありますよ。樹里ちゃん樹里ちゃん言っちゃって、もう、大変です。おれが樹里を押しつけられて、その話をしに一人で実家に帰った時は激怒したくせに」

午後一時半。ピークを過ぎ、社食はもう空いている。そう広くもないので、十二時台はほぼ満席になる。食堂としての営業は午後二時までだ。その後はただの休憩所になる。

僕のカニピラフや福田の煮込み麵定食をつくってくれたおばちゃんたちも、今は厨《ちゅう》房《ぼう》で雑談中。ケタケタいう笑い声が、時折《ときおり》ここまで聞こえてくる。

「それにしてもさ」

「はい」

「よく引きとったよね、樹里ちゃんを」

「まあ、引きとりますよ。母親がしょうもない女だったから、任せてはおけないですもん。おれも相当しょうもない男ですけどね、でもあいつよりはましかな。おれと別れた後に黙って子どもを産んどいて、好きな男ができたら、今度はおれにその子を押しつけてくるような女ですよ。そいつの子を産みたいからとか言って」

「そんなこと言ったんだ？」

「ええ。どっか感覚がズレてる女なんですよ。短期間とはいえ、そんなのと付き合ったおれもどうなのよって話ですけど」

「樹里ちゃんを、そのお母さんに会わせたりはしないの？」

「まさか。しませんよ。向こうもそんなことは言ってこないし。言ってきたとしても、会わせないですね。会わせないからなって、引きとる時に念押しもしました」

「それでもすごいよ。よく引きとった」

「自分でもそう思います。でも、あれですよ、別に樹里がかわいい子だから引きとったわけじゃないですよ。かわいいに越したことはないけど、そうじゃなくても、たぶん、引きとってました。いや、たぶんじゃないな。絶対です、絶対」

そうなのだと思う。この福田なら、そうするだろう。

「樹里がかわいかったのは、ボーナスみたいなもんだと思ってますよ。神様からのボーナス、ですかね。ウチ、仏教ですけど」

自分のカニピラフを食べ終え、お茶を飲む。床に落としても割れないプラスチック製の湯呑《ゆのみ》に入れたお茶だ。セルフだが、手透《てす》きの時はおばちゃんが入れてくれたりもする。

「でもそれだけに、ほんと、最初の五年を返しやがれって感じですよ」

「最初の五年？」

「ええ。樹里が生まれてからの五年。〇歳から五歳まで」

「あぁ」

「おれ、知らなかったですからね。まず樹里が存在してること自体を」

「そうなんだね」

「親父と母ちゃんだって、初孫がいきなり五歳児で登場ですよ。だから、正直そこは、樹里があんなにかわいくてよかったと思いました。まったく人見知りしない子で助かったとも思いましたね。会って三日後にはもう二人のこと、おじい、おばあって呼んでましたもん。お前、沖縄出身かよってツッコんどきましたけど。祖父母となると、なついてくれるかどうかは、たぶん、すごく重要じゃないですか。登場の仕方も仕方なだけに。でも樹里は百点でしたよ。いや、千点でしたね」

そんなことを楽しそうに話しながら、福田は煮込み麺定食をうまそうに食べ進める。みそベースの濃いスープにモツや野菜や即席麺が入っている。ノンフライ麺ではない。油で揚げた麺だ。この手のものに、ノンフライ麺は合わない。

だがさすがはウチの麺。確かにうまそうだ。福田が食べているからうまそうに見えるのかもしれない。テレビのＣＭには、タレントなどでなく、この福田を起用したらどうだろう。樹里ちゃんと福田が、自宅の居間で並んでこの手の即席麵料理を食べるのだ。おとう、うまい。そう言った樹里ちゃんに、福田がこう返す。おとうって、お前、時代劇かよ。

「何か不思議ですよ」とその福田がぽつりと言う。

「何が？」

「だって、おれ、樹里のためなら死ねちゃうとか、普通に思ってんすから。自分の子とはいえ、二年ちょい前に初めて会った子ですよ。しかも、何ていうか、おれっすよ」

「死ねちゃうんだ？」

「死ねちゃいますね。例えば誰かがいきなりおれんとこに来て、今このボタンを押せばおれは死ぬけど樹里は助かるって言ったら、あ、そうすかって、おれ、ボタン押しますもん」

「何よ、その状況」

「いや、例えばですけど」

「押す前に、もっとよく話を聞きなよ」

「一刻を争うのかもしれないじゃないですか。その変な余裕が命とりになったら悔やんでも悔やみきれないですよ。話を聞くにしても、ボタンを押してから聞きます」

押してから聞くだろう。福田ならそうする。

こんな私的なことを誰にでも気軽に話すから、福田は好かれる。一昨年の四月、営業課に異動してきた時の挨拶での第一声はこうだった。

どうも。皆さんご存じだとは思いますが、いきなり親父になった福田です。

それだけで、福田は課の全員の心をつかんだ。たとえ仕事でミスをしても許してもらえる下地をつくった。

「だからこそ、おれ、考えちゃいましたよ」

「何を？」

「北野さんのこと。あの、奥さんの」

「あぁ」

「おれの場合はいきなり家族ができたわけですけど、いきなり家族がいなくなることだって、あるんすもんね。葬儀の後、もし樹里がいなくなったらとか、勝手にそんなことを考えて、勝手にへこんでました。そんで、思いましたよ。樹里をそんな目に遭わせないために、おれは絶対死ねないなって」

「今の話と逆だ」

「そうなんすよ。樹里のためになら死ねるけど、それ以外でなら絶対に死ねない。だからおれ、営業の外まわりの時も、ムチャクチャ気をつけるようになりましたよ。青信号でも、車来ねえだろうなって左右を見るし、歩道を歩いてても、わきの駐車場から急に車が出てこねえだろうなって警戒します。ケータイで話しながら運転してる奴とか見ると、こんなのにはねられたらたまんねえなって思いますよ。悪人発見！　って一一〇番通報しそうになります」

絵美と同じだ。子どももいないのに、絵美は車に気をつけていた。だが結局は、乗ったタクシーが崖から転落した。

福田にそう言おうかと思った。やめた。気をつけるに越したことはない。気をつけること自体に意味がなかったわけではない。

「何かすいません」

「ん？　何が？」

「奥さんが大変な目に遭ったのに、結局、自分のことしか考えてなくて」

「いいよ」

そんなものだと思う。皆、そうだろう。自分のことならたまらない。そう感じるからこそ、人を悼《いた》めるのだ。

福田は、真っ先に葬儀の場に駆けつけてくれた。取引先との約束をキャンセルして来てくれたのだと、後になって知った。会社の先輩の奥さんの葬儀に出るのだと、相手にきちんと伝えたという。身内のとか言っちゃえばそれでよかったんでしょうけど、何かいやだったんすよ、と福田は僕に説明した。バレたら気まずいからとかじゃなく、その嘘は、おれ自身がいやだったんすよね。おれ、嘘は結構つくんすけど、そういうのはいやなんすよ。

そのあたりは、あの若菜さんと同じだ。わたし、嘘はつきたくないんですよ。いえ、つくことはつくんですけど。絵美のことで北野さんに嘘はつきたくないっていうか。

あの島村さんとはタイプがちがうが、福田も、できる人間なのだと思う。できる人間がさらに、やる人間になったのだから強い。歳下でもいい。こういう人間が上司になってほしい。何なら社長にもなってほしい。こんな人間なら、いい夫にもなるだろう。浮気をされたりしない。そんな意味でも、いい夫に。

「そういえば、福田はさ」

「はい」

「結婚とかしないの？」

「何すか、いきなり」

「いや、ほら、このまま樹里ちゃんと二人でいくのもありはありだろうけど、どうするのかと思って」

こういうことも、福田はごまかさない。変に隠さない。予防線も張らない。

「結婚するつもりではいますよ。樹里のことは関係なく、結婚はしたいし。ただ、一気に難しくなっちゃいましたね。何せコブ付きだから。すんごくかわいいコブなんすけど」

確かにかわいいコブではある。だが女性にしてみれば、高い壁だろう。しかも事情が事情。福田のことを知らずに話だけ聞けば、何よそれ、となる。その話だけで福田を敬遠する人もいるだろう。

「彼女を探すのも、大変そうだね」優平のことを思い浮かべて言う。「合コンとかでっていうのも、ちょっと何だし」

「彼女はいますよ」

「え？」

「おれ、彼女います」

「そうなの？」

「はい」

「誰？」と言い、続ける。「って、聞いてもわかんないか」

「いえ、わかります」

福田の事情を知る会社の人間ではないだろうと思い、こう尋ねる。

「もしかして、有名人とか?」

「あ、そういう意味じゃないです」

煮込み麵定食の麵をあらかた食べた福田は、少し残しておいたご飯を箸でスープに落としこんだ。レンゲでかき混ぜて、食べる。

「言っちゃおうかな」

「無理に言わなくていいよ」

「いや、北野さんには言っちゃいます。というか、別に隠すつもりもないんですよ。ただ、会社では、ある意味、おれが有名人じゃないですか。樹里のことで。だから、こっちは人に言ってなかったんすよね。何か、彼女に迷惑をかけそうなんで。てことは結局、隠すつもりもないなんて言いながら、隠してたんすけど」

「なら隠したままの方が。僕に言う意味が、ないよね?」

「ない。僕と福田は、大して親しくない。社外での付き合いはないし、仕事帰りに二人で飲みに行ったこともない。課の忘年会で隣の席に座ったことがある程度だ。

「意味はあるんすよ。むしろ、北野さんには知っといてもらった方がいいかもしんない。うん。そうだな。その方がいいっす」

「よくわかんないけど」

「十月の異動でおれが出て、その後に川崎ってのが行きましたよね？　営業課に」

「川崎ほのか、さん？」

「ええ。今、彼女と付き合ってます」

「ほんとに？」

「ほんとです。入れちがいになったのには驚きましたけど。おれの一コ下で、最初の配属が同じだったんすよ。で、まあ、付き合うことになって。その後すぐに、おれ自身に樹里問題が持ち上がったと」

「付き合ってすぐなんだ？」

「ですね。一ヵ月とか、そのくらいです。あーあ、と思いましたよ。こりゃ終わりだなって。さすがに樹里の方を投げだすわけにはいかないですからね。あきらめて、ほのかに全部話しました。これこれこうなんだって」

「そしたら？」

「何よそれ、と」

「そうなるよね」

「別れるのを覚悟で、はっきり言ったんすよ。もうおれが樹里と離れることはないからって。ほのかもいろいろ考えたでしょうけど。でもどうにか踏みとどまって、樹里と会ってくれました」

「すごいね」

「で、樹里は樹里なんで、親父とか母ちゃんとそうしたみたいに、ほのかとも普通〜にしゃべってくれました。お姉ちゃんもツネくんと同じカップ麺の人？　とか言うのは参りましたけどね。そんで、ほのかも、何ていうか、受け入れてくれて」

「今も付き合ってるわけだ」

「どうにか」

まさにすごいとしか言いようがない。福田と樹里ちゃんと川崎ほのか。三人が三人ともすごい。

「だから会社の人たちには言ってないんすよ。言っちゃうと、万が一おれと別れた時に、ほのかが居づらくなりそうなんで。といって、実はおれが自分の体面を気にしてるだけかもしんないですけど」

「僕は、誰にも言わないよ」

「そこは北野さんが好きにしてくれていいですよ。何かもう、言っちゃってもいいかなって気にもなってるし。別に口止めはしませんよ。口止めするくらいなら、初めから話さないです」

福田がズズーッとスープを飲む。煮込み麺定食のすべてを食べきり、飲みきる。ご飯粒一つ、スープ一滴残さない。

「うーん。ウチの麺は、マジでうまいっす。カップだけじゃなく、袋麺の方もいけますね。カップとダブルで売りこめる戦略が何かあればいいんすよね。よし。考えますよ、おれが。ない頭を絞《しぼ》って」そして福田は言う。「あ、そういえば、北野さん」

「ん？」

「すぐにってことじゃないですけど。北野さんは、再婚とかしないんすか？」

事故からは早半年。だが、まだ半年。初めてそんなことを訊かれた。福田に言われたせいか、不快な感じはしない。

やはり福田は、社長になれる器かもしれない。

そして僕は、到底その器ではない。残念ながら、小鉢程度の器でしかない。

その証拠に。

福田の話を聞いて、今僕は、絵美との間に子どもがいなくてよかったと思っている。

いや、正しくは。

子どもは欲しかったが、こうなった以上はいなくてよかったのだと思っている。自分には無理だと、思ってしまっている。

社長を持ちだすまでもない。福田とちがい、僕は父親になれる器でもない。

招待の二月

ビールを注がれる。なみなみと注がれる。誰にって、久美さんに。絵美の姉の久美さんに。

まさかこんなことになるとは思わなかった。喜ばしいことではある。久美さんが、優平と理也子さんの披露宴に出てくれたのだ。高原家からはただ一人。

年始の挨拶のために横浜の高原家を訪ねた後、しばらくして。久美さんから僕に電話がかかってきた。ぎりぎりの時期で申し訳ないが、優平くんの披露宴に出席させてもらえないだろうか。そんな内容の電話だ。

確かにぎりぎりではあった。当日までおよそ一ヵ月。出席者の人数も含め、披露宴の予定はすべて決まっていたはずだ。

だが僕はそのことを優平に話した。優平は喜んで受け入れた。一人ぐらい何とかなるでしょ、と言い、会場となるホテルにも理也子さんにも相談する前にオーケーを出した。理也子さんとホテル、双方からのオーケーが出るのを待って、僕は久美さんに電話した。その後に優平も久美さんに電話し、謝意を伝えた。

高原家からは久美さんのみが出席。理想的だ。結果として、高原家の面子《メンツ》も北野家の面子も保たれた。絵美の事故からは一年も経たない。高原家の三人が揃《そろ》って出席するのは、やはり無理だろう。特に勇さんと基子さんは厳しい。だが久美さん一人なら。

正直に言えば、初めから少しそんな気持ちはあった。が、こちらから言いだせることではない。お義父さんとお義母さんは難しいでしょうから久美さんだけお願いします。さすがにそうは言えない。久美さんは久美さんで、こう考えてくれたのだろう。高原家から誰も出席しないのもどうなのか、と。

久美さんが注いでくれたビールを飲む。グラスが小さいので、すぐに一杯を飲みきってしまう。グラスというよりは、コップ。瓶《びん》から注ぎ合っての最初の乾杯用、ということであえてそれにしているのかもしれない。背が高いグラスは倒れやすい。披露宴でグラスがパリンと割れるのは、あまりいいものでもない。

そうはならないよう、床を絨毯《じゆうたんじ》敷きにしている会場が多いのだろうか。と、そんなことを考える。だがすべての会場が絨毯敷きということもないだろう。なかには硬いものもある。大理石の床とか、御影石《みかげいし》の床とか。

いや、その前に。どのみちワイングラスは倒れやすいし、割れやすい。ワインをコップで飲ませるわけにはいかないのでせめてビールは、ということだろうか。披露宴でもビールだけを飲みつづけるような輩《やから》はがさつだからグラスも倒しやすい、割りやすい、ということだろうか。

考えているうちに、コップは空いてしまう。すぐに久美さんがビールを注いでくれる。

瓶ビールがよくないのはここだ。注ぎ合いになるから、自分がどれだけ飲んだかわからなくなる。だからもういいやになり、いくらでも飲んでしまう。そうでなくても毎日飲む僕は、ますます飲んでしまう。

いや、注ぎ合いにはなっていない。久美さんは注いでくれるが、僕は注がない。注いだのは、それこそ最初の一杯だけ。二杯めから、久美さんはワインにした。それは、まわってくるウェイターやウェイトレスが注いでくれる。自分で注いでもいいのだが、久美さんのグラスのワインは減らない。妹を亡くした姉は、妻を亡くした夫のようにお酒をガブガブ飲んだりはしないのだ。

と考えているうちに、コップはまた空いてしまう。またすぐに久美さんが注いでくれる。もう手酌《てじゃく》でいいですよ、と言いたいところだが、言いづらい。

「俊英くん、結構飲むんだね」と言われる。「ウチに来た時はほとんど飲まなかったのに」

「まあ、はい」と曖昧《あいまい》な返事をする。「あの時は、お正月でしたし」

「お正月だから飲むんじゃない。といっても、あれか。奥さんの実家に来て、そんなには飲めないか」

「まあ、はい」と同じ返事をする。

「その奥さんはいないんだし」

それには返事ができない。

「家では飲んでたの？」

絵美がいた頃は、という意味だと解釈する。いなくなってから、という意味なら、飲んでたの？ではなく、飲んでるの？と訊くだろう。だから、こう答えられる。

「いえ、そんなには。休みの前日に飲むぐらいでしたよ。二人で」

なのに今はかなり飲むようになっている。そうとられただろうか。事実だから、とられてもしかたないが。

目の前の皿に盛られた肉を、ナイフとフォークで食べる。盛られた、というほどの量ではない。載せられた、という感じ。この手のコース料理ならではだ。鴨《かも》のロースト、だろうか。よくわからない。運んできてくれたウェイターが説明してくれたが、覚えてない。

披露宴の企画段階では、優平が焼いたパンを料理に出したいと理也子さんが言っていた。いろいろと制約があり、それは断念せざるを得なかった。

わからないではない。いつどこで焼くのか、という疑問がまず生じる。ホテルに厨房を貸してはもらえないだろう。新郎が式と披露宴の当日に早起きしてパンを焼く、というのも無理がある。焼いたところで、午後一時というこの時刻にはもう焼きたてではなくなってしまう。味が落ちてしまう。衛生上の問題から、ホテル側も許可は出しづらいだろう。

兄は麺で弟はパン。優平がパン絡みの何かをやるなら、僕も、例えばビンゴゲームの賞品としてカップ麺を箱で提供してもいいと思っていた。が、結局、そうはならなかった。

新郎新婦席の横に立てられたマイクの前で、理也子さんの会社の同僚たちが余興《よきよう》をやっている。自社製品を使った人形劇だ。男女三人ずつの六人。テーブルで舞台まで整えている。そこそこ大がかりだ。

人形を優平と理也子さんに見立て、二人の結婚までの道のりを大まかに、そして大らかに描く。何故か熊のぬいぐるみや大型のロボットまで登場し、出席者たちを大いに笑わせている。出だしの一言は、優平役のヒーロー人形の、「あぁ、今日は合コンかぁ」だった。披露宴なのに。

新婦理也子さん側の出席者は、総じて明るい人たちが多い。玩具メーカーの同僚だけでなく、学生時代の友人たちにも、やはりくだけた感じがある。同僚と友人だけで十五人。それでもどうにか抑えたらしい。優平の分をそちらへまわしもしたそうだ。そうしなよ、と簡単に許可してしまうところがまた優平らしい。

だから新郎優平側の出席者は、同僚と友人合わせて五人だけだ。店の同僚が二人。友人は、中学高校専門学校で一人ずつ。三人とも、どこかおっとりしている。

披露宴の主賓《しゆひん》は、一応、優平が勤めるベーカリーレストランの店長が務めた。こんな挨拶をした。

「優平くんは腕がいいです。いずれパンづくりのコンクールにも出てほしいです。優平くんが焼いたパンを食べ、理也子さんがつくったおもちゃで遊べば、生まれてくるお子さんもすくすく育つと思います。二人で力を合わせて、楽しく幸せな家庭を築いてください」

主賓の座は新郎側に譲《ゆず》ったが、理也子さんの方からは、何と、社長が来た。社員との距離をなくすため、披露宴には極力出席することにしているという。

社長は五十代。活力に満ちていた。自社のことを少々PRしすぎたが、それでも、話を聞く者を楽しませた。スピーチには、主賓の倍以上の時間をかけた。この場で玩具の展示即売会でも始めそうな勢いがあった。社長、長いですよ！　と若い社員にツッコまれてもいた。それはそれでまた演出のようにも見えたが、出席者たちは笑った。

ひと通りのことが終わり、皆様どうぞご歓談ください、の声がかかると、僕は新郎の兄として、あちこちのテーブルの人々にビールを注ぎにまわった。新婦側と新郎側とに分けず、少しずつ末席へと移動していくやり方をとった。

理也子さんの会社の人たちは、皆、本当に元気だった。優平さんに似てますね、と僕に言ってくる人もいた。むしろ似てないと言われますけどね、とは言わず、あぁ、どうも、と返した。僕の事情を知っている人はいないようだった。まあ、これはわからない。知っていたとしても、言わないだろう。

一方、新郎側は、落ちついた人が多かった。店長と二人の同僚には、これからも優平をよろしくお願いします、と言い、こちらこそよろしくお願いします、と言われた。三人ともまだ独身だという友人たちには、結婚してからも優平と遊んでやってよ、と言い、こちらも遊んでほしいです、と言われた。

最後にまわった新婦側の親族席では、初めてきちんと理也子さんの両親に挨拶した。食事会に行けなくてすいませんでした、と謝った。むしろ気を使ってもらってすいません、と言われた。優平もしくは理也子さんが、うまく説明してくれたようだ。

理也子さんの両親はともに五十代前半。僕の両親よりは十歳近く下。事実、若々しかった。年齢より若く見られるだろう。海外からの留学生を受け入れるホストファミリーをやっているのも頷ける。若いからやっているのか、やっているから若いのか。いずれにせよ、若い。

新郎側親族席に戻ってくると、久美さんにおつかれさまと言われた。父と母は、まだあちこちをまわっていた。一人一人に頭を下げ、一人一人と話をしているらしい。二人が丁寧《ていねい》というよりは、僕がぞんざいだったのかもしれない。

親族席のメンバーは、僕の父母と、父方の伯母、母方の伯父伯母、それに僕と久美さんだ。当初は六人の予定だったが、久美さんが加わることで七人になった。当然、久美さんは僕の隣。伯父たちとは、簡単な挨拶を交わしていた。

父と母が席を空けていたこともあり、久美さんとはじっくり話をすることができた。というより、招いた手前、一人にさせては申し訳ないので、そうせざるを得なかった。

今も久美さんは言う。

「理也子さん、かわいいね」

「ええ」

「二十七歳でかわいくいられるのはすごい。努力だけでできることじゃないわよね」

「そう、なんですか？」

「だと思う。かわいい子って、すんなりきれいに変われるか、ただかわいくなくなっちゃうかの、どちらかだから」

きれいに変わる。野球のピッチャーが歳をとって速球派から技巧派に変わる、というようなことだろうか。

「絵美は変われたかな」

「どうでしょうね」

「小さい頃から知ってると、そういうの、よくわからないのよ。でも、ショールームの受付の仕事をしてたくらいだから、評価はされてたんでしょうね」

夫、いや、元夫としては、何とも言いづらい。

「理也子さんは、ほんと、かわいい。お腹が大きいことで、かえってかわいく見える」

一月にしたかった披露宴が、会場の予約の都合で、二月になった。理也子さんのお腹はすでに膨らんでいる。ゆったりめのウェディングドレスを着ているが、見ればわかる。安定期に入ったからむしろよかったよ、と優平は言っていた。理也子さん自身も、新婦席に優先席のマークを付けちゃおうかな、と笑っていた。

「絵美ならいやがってたかもね」

「はい?」

「大きなお腹での披露宴」

「あぁ。そうですかね」

「そうじゃない？」

「うーん」

「俊英くん自身はどう？　もしそうなったら、どうしてた？」

「気にしなかったかと」

「絵美の好きにさせた、んじゃない？」

「そうかもしれません」

そうだろう。まちがいない。それはまちがいないが。絵美がどんな選択をしていたかは、意外にもわからない。大きなお腹ではいや、と言っていたのか。でも子連れの披露宴もいや、と言っていたのか。どちらもだいじょうぶだったのか。どちらも無理なら、結局どうしていたのか。

「ごめん」久美さんがワインを一口飲んで言う。「何かいやなことを言った。今さら言うことじゃないね」

今さら。絵美が亡くなった今さら。絵美が流産した今さら。

コップが空く。久美さんがビールを注いでくれる。注いでくれるから、飲んでしまう。会話が途《と》切《ぎ》れるたびに飲んでしまう。で、また空いてしまう。注がれてしまう。久美さんも、それこそ今さら注がないわけにもいかないだろう。ではどうすればいい？　答は簡単。僕が飲まなければいいのだ。だがそれが一番難しい。

亡き絵美の姉、久美さん。絵美によれば性格はまるでちがうらしいが、顔は少し似ている。そっくりだとか、一目でわかるとか、そういう感じではない。目がちがう。そこ以外が似ている。だからその、少し似ている、という印象になる。鼻の形まではわからない。口許《くちもと》や輪郭が似ている。親しい人なら、姉なり妹なりを見た時に、そうか、姉妹なのだな、とわかるだろう。

唯一ちがう目。どうちがうか。久美さんの方が、いくらか吊り上がっている。といっても、久美さんだけを見れば、目が吊り上がっているとは思わない。絵美と比べるから、そう思う。吊り上がっているとしても、ほんの少しだろう。

だがそれだけのことで、人の見た目は大きく変わってしまう。久美さんには、きついとは言わないまでもやや強い感じが出て、絵美にはその感じが出ない。だからこそ絵美はミスコンで三位になれたと言うこともできる。いや、わからない。久美さんが大学のミスコンに出なかっただけかもしれない。出たら出たで、一位になっていたのかもしれない。

久美さんは、絵美と僕より二つ上の三十五歳。繊維《せんい》メーカーに勤めている。繊維製造の他にも様々な事業を手掛ける大きな会社だ。日本橋に本社があり、久美さんは横浜からそこに通っている。僕が八重洲だから、近いことは近い。実はかなり近い。

ただ、だからといって会うことはないし、偶然会ったこともない。近いが近くない。面積は狭くても内へと広い東京の不思議なところだ。これがよその都市なら、もう少し身近に感じるかもしれない。たまにはお茶でも飲みましょうとか、食事をしましょうとか、そういうことになるのかもしれない。

すでに定年退職しているが、父の勇さんも、同じ繊維メーカーに勤めていた。久美さんもそこを選んだのは、もちろん偶然ではない。勇さんの勧めがあり、久美さんもそれを受け入れた。一応、口利きもあったようだ。が、あまり意味はなかったらしい。

わかる気はする。絵美や僕、そして久美さんの頃は、就職氷河期だった。絵美と僕の年が末期。久美さんの年は、それより大変だったろう。公務員ならともかく、民間企業。親の口利きの効果はせいぜい、面接には進める、という程度だったにちがいない。大企業が、一社員のためにそれ以上の便宜《べんぎ》を図《はか》ったりはしない。

とはいえ、絵美と僕が出たところよりも高ランクの大学に通っていた久美さんは入社試験に受かり、実際に入社した。そして今は本社にいる。

わたしならお父さんと同じ会社なんていやだけどね、と絵美は言っていた。でもお姉ちゃんは人がいいから。揶揄《やゆ》のように聞こえないでもなかった。だが絵美もそれ以上は言わなかったし、僕も何も言わなかった。

本社勤務の、こう言っては何だが、女性。口利きをしてもらうまでもなく、久美さんは優秀だったということだろう。例えば総合スーパーのバイヤーである島村さんや、ウチの福田のように。どちらに近いかと言えば、島村さんかもしれない。

絵美と結婚する前も結婚してからも、久美さんは僕を助けてくれた。どう言えばいいだろう。勇さんや基子さんと僕の間に、いつもさりげなく立ってくれた。積極的に何かするわけではないが、そこにいることで防波堤《ぼうはてい》になってくれた。

今年の正月にしてもそう。僕が高原家に挨拶に出向いた時。あの場にいてくれて、ほっとした。勇さんと基子さんしかいなかったら、話すことがなくて本当に困っていたと思う。久美さんのおかげで、どうにかなった。当《あ》たり障《さわ》りのないことを口にしていられた。お互いの仕事のこととか、お互いに利用することが多い東京駅のこととか。高原家で、絵美へとつながらない話題を探すのはかなり大変だった。久美さんとだから、それができた。

正直に言ってしまうと。僕は勇さんのことが少し苦手だ。折り合いが悪くはない。そういうことでは、まったくない。世の夫の大多数が妻の父親とはそんなだろう、という程度。

基子さんは穏やかな人だが、やはり勇さんの奥さんだ。すべてにおいて、勇さんに従う。勇さんを立てる。基子さんと話していると、その背後にいる勇さんの影が見えてしまう。

結婚して間もない頃、絵美と高原家に泊まった。二人で日にちを合わせてとった夏季休暇中。お盆の週だ。

その際、勇さんと基子さんと絵美と僕の四人で、近くのスーパーに車で買物に行った。近くといっても、車で行く近く。歩いて行ける距離ではない。そういえば店は、島村さんがバイヤーを務める総合スーパーだった。その系列店。

運転は勇さんがした。高原家の車だから、僕が運転しましょうか？　とは言わなかった。わたしがする？　と絵美は言ったが、いや、おれがする、と勇さんは言った。少し怒ったように聞こえた。退職してからあまり機嫌《きげん》がよくないみたい、と後で絵美は僕に説明した。そんなところへ運転の申し出をされたから、老人扱いされたようで気分を害したということらしい。

基子さんが助手席に、絵美と僕が後部座席に座った。勇さんの運転はうまかったが、荒かった。前の車との距離を詰める。遅ければ追い越す。黄信号なら進む。要するに、先へ先へと行きたがるタイプだ。

そしてスーパーで買物を済ませてから。使ったカートを所定の位置に戻さず、戻そうとした絵美に、そのために警備員がいるんだからいいんだよ、と勇さんが言った時。やはりこの人はちょっと苦手だな、と思った。思ってしまった。

客だからいいんだよ、とは言わなかったことを理由に、いやいや、決して苦手でもないはずだ、と思おうとした。味方にすれば頼もしい人なのだ、と。だがそこまでは思いきれなかった。普段は食べないがいざ地震が来た時のためにと、その日も僕の会社製のカップ麺を箱買いしてくれたくらいだから、いい人ではあるのだけれども。

「俊英くん、もう慣れた？」と久美さんに訊かれ、

「何にですか？」と訊き返す。

「絵美がいないことに」

「あぁ。うーん」と考える。考えたふりをする。

「わたしはまだ慣れない。もう長く一緒には住んでないし、絵美が俊英くんと結婚して家を出たっていう意識もあるんだけど、でもやっぱり慣れない。近くにいたら、むしろ慣れたのかもしれないけど」

ということは。近くにいた僕は慣れていなければおかしいのだろうか。あるいは。絵美がいなくなったこと自体には、もう慣れているのだろうか。

「絵美のね、保険金が下りたのよ」

「はい？」

「死亡保険金。お父さんが昔から掛けてたの。知り合いの生保会社の人に頼まれて始めたみたい。だからわたしにも掛けてる」

「貯金代わりの保険、というようなことですか？」

「そう。医療特約も付けてるから、そっちにもかなりお金はまわっちゃうけど。他に災害割増特約も付けてたから、結構な額が下りたのよ。で、お父さん、わたしにも分けるって」

「分ける」

「結婚資金にしてくれるんだって。自分だけのものにしたくないと思ったんだと思う」

「だから久美さんにも、ですか」

「たぶん」

「それを、どうして僕に？」

「一応、言っておくべきかと思って」

「言っておくことでも、ないですよ」

気持ちはわかる。言わないと、どうしても、隠れて請求した感じになってしまうからだろう。別に言ってくれなくてもよかった。父親が娘に掛けた保険。元夫の僕にも保険金をもらう権利があるという話ではない。

が、聞いてしまうと、揺さぶられる。複雑な気分になる。お金を分けてほしくなる、という意味ではない。絵美の命が失われ、そのことによって金銭が生まれたという事実に動揺してしまう。

　勇さんはお金が欲しくて保険に入ったわけではない。それはわかっている。そんなお金をあてにしていたはずもない。極端なことを言えば、なくても困らないお金だろう。いわゆる、お守り代わりの保険。だがお守りにはならなかった。絵美の命は失われた。下りたお金は、もうお守りにはならない。

　僕自身は、絵美を被保険者とする保険に入っていなかった。自分の保険には入っている。契約者が僕、被保険者も僕、の保険だ。社会人になった直後に入った。保険のおばちゃん、というよりはお姉さんの甘言《かんげん》につられて入ったのだ。それこそ貯金代わりのつもりで。絵美と結婚した時に、死亡保険金の受取人を母から絵美に変更した。保険に関してはそれで充分だと思った。

　とはいえ、もう一つ保険に入るのを検討したこともあった。絵美の妊娠がわかった時だ。夫婦でその話もした。実際に子どもが生まれていたら、入っていただろう。子どもの学資保険にも、入っていたかもしれない。さらにもうひとがんばりして、絵美自身の保険にさえ、入っていたかもしれない。結局、がんばる必要はなくなってしまったが。

　絵美が亡くなって、そろそろ八ヵ月。それでもまだこんなふうに、何かをきっかけにあれこれ思いだしたり、考えたりする。これからもそういうことがあるだろう。だがいずれはなくなる。なくなった時に、僕は絵美のことも忘れるのだろうか。いい意味で、忘れられるだろうか。

また久美さんにビールを注がれる。テーブルに置いた空のコップを自分が握ったままでいたことに気づく。催促《さいそく》したみたいだと思い、すいません、と言う。

「そういえば、優平くんたち、新婚旅行は？」

「行かないです。さすがに、理也子さんがああなんで」

「行くにしても、ずっと先か。子どもが小さいうちは厳しいだろうから」

「ですね」

「俊英くんと絵美は、台湾だった？」

「ええ。近場で安く上げようと思ったんで」

沖縄と迷ったが、外国ということで、台湾にした。特に何を見る、どこへ行く、という予定は立てず、本島を一周した。

何をしても楽しかったし、何を食べてもうまかった。店で牛肉麵も食べたし、屋台で牡蠣《かき》のオムレツも食べた。

現地のカップ麵も食べた。案外うまかったが、ウチの勝ち、と絵美に言った。ウチの商品がそちらで売られてもいた。旅行中の二食をカップ麵で済ませるのは惜しいので、それは食べなかった。自社製品への愛が足りない、と絵美が言った。笑って。

「新居はご実家の近くだって言った？」

「はい？」

「優平くんたち」

「あぁ。そうですね。新浦安です。実家に近いマンション」

本当に近い。歩いて行ける距離だ。

優平は市川市に、理也子さんは葛飾《かつしか》区に住んでいるが、準備が整い次第、そちらへ移ることになっている。どちらの勤務先にも実家にも近い、ということで、そこに決めた。そのマンション自体は賃貸だが、住んでみて町が気に入れば、購入も検討するという。

父と母が住む実家も、やはりマンションだ。実家とはいえ、僕自身、住んだことはない。定年を見据えた父が、さすがにもう異動はないだろうと判断し、買ったのだ。それまではずっと賃貸だったから、五十代後半にして初めて家を持ったことになる。

夫婦二人。広くはないが、住みやすそうだ。客間が一つしかないので、僕と優平が同時には行きづらい。優平が理也子さんと結婚することで、今後はなおさらそうなるだろうと思っていたが。二人も新浦安に住むことで、そうはならなくなった。

両親の近くに住むことを提案したのは、優平よりもむしろ理也子さんだったらしい。子どもの面倒を見てもらえるとの打算もそこにはあったろう。何せ、長男に子どもはいない。しばらくはできる見込みもないのだ。

だがそれは僕にとっていやな打算でもない。理也子さんには、そうやってうまく優平を引っぱってほしい。無理に自分の店を持たせようとは、しなくてもいいから。

両親は、優平が結婚することを喜んでいる。子どもができたことは、おそらくそれ以上に喜んでいる。だが口にはしない。僕に気を使って、ではない。二人も怖いのだと思う。また長男の時のようになるのでは、と考えてしまうのだ。だから自重《じちょう》している。変に喜びすぎないようにしている。その感じが、何とはなしに伝わってくる。

僕もまた怖れている。優平たちが絵美と僕の流れを継《つ》いでしまうのではないかと、少し、いや、かなり怖れている。

前方、新郎新婦席の優平と理也子さんを、あらためて、見る。二人は、理也子さんの大学時代の友人たちが歌う替え歌を聴いて、笑っている。微かに下ネタ混じりの替え歌だが、伴奏のギターがやけにうまい。人形劇をやった同僚も含め、理也子さんの知人たちは、皆、くだけつつ、きちんとしている。くだけるところはくだけるが、きちんとすることはきちんとする。

僕がいる親族席は、会場の最後方。新郎新婦席までは距離があるが、それでも、優平と理也子さんが笑っていることはわかる。絵美と僕もああだったろうか。わからない。披露宴のことは、あまり覚えていないのだ。緊張していたこともあって。その緊張のあまり、結構飲んでしまったこともあって。

忘れないうちにと思い、久美さんに言う。

「今日は出席してくれて、ありがとうございました」

唐突だったからか、久美さんは驚いた顔を見せる。

「父と母も、来られればよかったんだけど」

「いえ、それは。久美さんに来てもらえただけで充分です」

むしろこの形がベストです、とは言えない。

「わたしが結婚することになったら、俊英くんも、式と披露宴に出てね」

「はい。もちろん」

「さすがにわたしは、一年待たなきゃいけないけど」

久美さん自身が言うからには、具体的な話なのだろう。つまり、実際に相手もいる、現実的な話なのだろう。

そう言われて訊かないのも変なので、訊いてみる。

「ご予定がある、ということですか？」

「ええ。まあ」

「それは、おめでとうございます」

「ありがとう」

素直に言うからには、かなり進んでいる話でもあるのだろう。

「正式に決まったら話そうと思ってたんだけどね」

そう続け、久美さんはグラスのワインを飲む。

通りかかったウェイターが尋ねる。

「お注ぎしましょうか？」

「お願いします」

久美さんのグラスに赤ワインが注がれる。ウェイターは、ついでに僕のコップにもビールを注いで、去っていく。

「もう言ってもいいかもしれない。結婚はすると思う。思うじゃなく、する。六月になるかな」

六月。まさに一年待つということだろう。

「せっかくだからジューンブライドにしようって、相手が言うもんだから。わたしはもう三十五で、そういうのはどうでもいいんだけど」

だから、六月。選択肢は少ない。絵美の命日の後となると、数日しかない。今が二月。そろそろ決めなければいけないだろう。あるいは、すでにほぼ決めているということか。

ならば訊いてもいいかもしれない。訊かなければ失礼かもしれない。

「お相手は、どんな方ですか？」

「三歳上の人」

「同じ会社とか」

「ううん。ちがう会社」

久美さんは具体的な社名を挙げた。大手の光学機器メーカーだ。コピー機やらカメラやらをつくっている。ウチの会社のコピー機も、確かその会社の製品だ。

「営業関係ですか？」

「いえ、研究開発をしてる」

「理系の人なんですね」

「そう。横浜に研究所があって、そこに勤めてる。わたしのアパートに近い方。住んでるのも近く。だから知り合ったの。地域のバドミントンサークルで」

「あぁ。バドミントン、やってたんですか？」

「高校生の頃ね。それからはずっとやってなかったんだけど、三十代になって体がなまってきたから、何かやりたいなと思って。調べてみたら、近くにそのバドミントン愛好会があることがわかったの。毎週日曜の夕方五時から小学校の体育館でやるんだけど、その小学校もわたしのアパートに近かったわけ。これならいいなっていうんで、入った」

「そこに、その方が」

「そういうこと。やっぱり高校でやってたらしいの。途中でやめちゃったみたいだけど。やめちゃったからこそ、もう一度やりたくなったんだって」

「バドミントン。僕も中学の時、ちょっとだけやりましたよ。部ではなく、クラブで」

「クラブ？」

「ええ。授業の枠で一週間に一度あったような、クラブ」

「あぁ。将棋とか工作とか、みんなが何かしらやるクラブだ？」

「はい。人気がありましたよ、バドミントンは。あれって、屋外で風に吹かれてやるのもいい娯楽になりますけど、屋内のコートで真剣にやると、かなりハードですよね」

「そうね。三十分打ち合うと、もうクタクタになる。でも何かすっきりする。疲れ方がちがうのよね、仕事とは」

「そのクラブでの印象がよかったから、僕も高校ではバドミントン部に入ろうかと思いましたよ。練習がきついっていうんで尻込みして、結局、帰宅部に落ちつきましたけど」

「じゃあ、機会があったら、俊英くんもぜひ」

「さすがに遠いですよ、横浜は」

「確かに」

「今も毎週やられてるんですか？　その彼氏さんと」

「毎週でもないかな。都合が合えばって感じ」そして久美さんは言う。「別に隠すこともないから名字も言っちゃうけど、そのアキヤマさんの方が、最近は熱心かな」

「アキヤマさん」

「アキヤマエイト。秋の山に栄《さか》える人」

「秋山栄人さん」

栄える人で、栄人。立派な名前だと思う。光学機器メーカーの研究者。名前負けしていない感じもする。

僕の俊英も、年配の人からは、たまに立派な名前だと言われる。俊英。音読みすれば、シュンエイ。完全に名前負けしている。どう見ても、僕は俊英ではない。

久美さんも六月には秋山久美さんになるのか、と思う。絵美を失った高原家から、久美さんまでもが出ていってしまう。勇さんと基子さんは、二人になってしまう。

「秋山さん、今年から会長になったのよ。先月、一月から」

「会長、ですか」

「そう。バドミントン愛好会の。入ったのはわたしより後だけど、あっという間に会長になっちゃった。といっても、大げさなものでもなくて。まあ、リーダーみたいなもの。会計なんかは他の人がやってるし。前の会長さんが、もう五十代だから引退することになって。じゃあ、秋山さんがいいんじゃないかって、推《お》されちゃったわけ。ちょっと押しつけられたようなとこもあるんだけど。本人は、いいですよ、やりましょうって」

ビールを飲む。何かが引っかかる。喉にではなく、頭に。

ビールとともに流されそうになるが、流されない。どうにか引っかかる。頭に。耳に。

そう。耳に。

音だ。名前の、音。栄人。エイト。ハチ。8。

8。

まさかな、と思う。思おうとする。一方で、強く引きつけられもする。秋山栄人と北野絵美の距離感、栄人と8の距離感を、ちょうどよいものとも思ってしまう。

なおビールを飲む。コップが空く。

久美さんに注がれる。

「俊英くん、ちょっと飲みすぎじゃない？」と言われる。

「まあ、弟の披露宴なんで」と言い訳する。言い訳になってない。

注いでもらったビールを飲む。皿に残っていたカマンベールチーズを食べる。表面、というか断面が乾いている。僕がいつまでも残していたから、ウェイターも皿を下げられなかったのだろう。

酔ってはいるが、頭を働かせる。慎重に行けよ、と自分に言い聞かせる。質問を組み立て、久美さんにそれとなく尋ねる。

「その秋山さんは、絵美のことを知ってました？」

「ええ。三人で食事をしたこともあるから」

疑われた様子はない。いい質問だ。どこもおかしくない。

三人で食事というのは、ちょっと意外だ。話したことがある程度かと思っていた。が、実際に聞いてみて、それはそれであり得る気もした。仲は、いいのだ。仲がいいことを、隠す必要もない。

「一緒にバドミントンをやったりは、してないですよね？」

「そうね。絵美はバドミントン、やったことないし」

なくはない。僕とはやったことがある。近所のみつば中央公園で。シャトルを落とさず、ラリーを続けるのを目的に。それこそ娯楽として。

そのバドミントンも、初めてやったのは、大学四年のゼミ合宿でだった。研修センターにラケットとシャトルがあったから、昼休みにやったのだ。案外楽しかった。だからこそ、結婚してからも、わざわざ安いラケットとシャトルを買って、やった。成人の男女が二人で気軽に楽しめるスポーツはあまりない。男同士ならキャッチボールもできるが、女性相手だとそうもいかない。結局はジョギング程度になってしまう。そしてジョギングにはボールやシャトルがない。やりとりができない。

「じゃあ、絵美も、久美さんが秋山さんとお付き合いしてることを知ってたんですね」

「ええ。話してたから」

「結婚することまで、話してました？」

「いえ、そこまでは。だって、ほら、あの頃はまだその段階になってなかったから」

「そういえば、秋山さん、絵美の葬儀には」

「来られなかった。あの時はかなり仕事が立てこんでたみたいで。後で実家には来てくれたけど」

つまり、僕と顔を合わせてはいないわけだ。合わせていたところで、僕自身、覚えてはいなかっただろう。あの時は、まさに放心状態だったので。

調子に乗ってやり過ぎてはいけない。質問はそこまでにした。久美さんは何も知らないはずだし、これ以上訊けば、不躾《ぶしつけ》な奴だと思われるだろう。思われるのはいいが、警戒はされたくない。

栄人という名前。それだけ。根拠は何もない。ただ、妙な確信がある。他の誰をケータイに8と登録するだろう。北野絵美が秋山栄人を8と登録するのは、とても自然なことであるように思える。

久美さんと三人で食事に行くぐらいだから、秋山栄人で登録してもおかしくはない。だがそうすると、不用意なメールを書けなくなる。メールを残しておきづらくなる。何せ、エミリンだから。

久美さんの存在が一気に近づいたのを感じる。新郎親族席の、隣。ただでさえ近かったのだが、より近づいたと感じる。僕の想像が正しければ。僕らは同じ立場だ。どちらも浮気をされていた。身内と言える相手と、浮気をされていた。

義理とはいえ、姉。そのままにしておくことはできない。逡巡《しゅんじゅん》している暇《ひま》はない。久美さんと栄人は、六月には結婚してしまうのだ。

まずは、秋山栄人が本当に8であるかを確かめなければならない。久美さんに確かめてもらうのではなく、僕が確かめなければならない。そうでない可能性もあるから、今の段階で久美さんに話すことはできない。久美さんが今後も亡き妻の姉であることは変わらないから、その結婚相手を疑ったという事実を残したくもない。

これを最後の質問と決め、僕はまたもそれとなく久美さんに言う。

「でも研究者だなんて、すごいですね。研究所にお勤めなら、肩書きは研究員になるんですか？」

「研究員でも、社員は社員でしょ」

「僕なんかはわかりやすい営業課ですけど。研究課、とかなんですかね、所属は」

「システム開発課、だったと思うな。今は」

「そう聞いてもわからないですね、何をするところなのか」

「わたしも。そもそも自分の会社だって、技術関係の部署のことはわからなかったりするもんね」

「確かに。カップ麺の会社でさえ、技術関係はわからないです。応用開発部と言われても、何を何に応用するのか、見当もつかない」

質問は一段落。得たい答を得て、ビールを飲む。

久美さんも、ワインを飲む。

「俊英くん、前と同じように仕事できてる？」

「はい？」

「絵美がいた頃と同じように」

「あぁ。えーと、まあ、どうにか」

その先は、言わないでごまかす。もし言うなら、こうなってしまう。どうにか、できてません。

「そう。ならよかった。わたしは、ちょっとしたミスが増えた気がする。集中力が続かなくなってるのかな。大きなミスをしないように気をつけなきゃって、最近、よく思う。単に歳のせいかもしれないけど」

そこへ僕の両親が戻ってきて、会話は唐突に終わった。

すべてのテーブルをまわってさすがに疲れたらしく、二人は椅子に座ると同時にふうっと息を吐いた。父はおしぼりで顔を拭《ぬぐ》い、母は自分のハンカチでハタハタと顔を扇《あお》ぐ。

久美さんが父のコップにビールを注ぐ。

「どうもありがとう」と父が言う。

「あんまり飲ませないで」と母も笑顔で言う。「お父さん、今日はもうたっぷり飲んでるから」

ビールを一口飲み、父はさらに、僕が言ったのと同じことを言う。

「久美さん。今日は来てくれて、本当にありがとうございます」

「ほんとですよ。何かごめんね」と母も続く。

「いえ、そんな」と久美さんが返す。「こちらこそ、わたし一人で、申し訳ないです。ただ、父にも母にも優平くんを祝福する気持ちはありますので。落ちついたら、ご挨拶にも伺うでしょうし」

そして披露宴もいよいよ終わりへと近づく。

クライマックスはやはり、恒例の、新婦による両親への手紙の朗読、だ。

それはやらなくていいんじゃないかなぁ、と理也子さんは言っていたが、やらなくてもいいけどやってもいいんじゃないかな、と優平に言われ、やることにしたらしい。

場内が暗くなり、新婦と、対極にいるその両親にスポットライトが当てられる。理也子さん自身の希望で、僕の両親も、理也子さんの両親の隣に立つ。

マイクに向かって、理也子さんが言う。

「お父さん、お母さん。本来なら手紙を朗読するところですが。この場で感じたことを言おうと思って、手紙は書きませんでした。それで今、何を感じているかと言うと。正直、あまり特別なことは感じていません。何だかんだ言っても、この場所に立ってお父さんとお母さんと向き合ったら泣いちゃうんだろうなぁ、と密かに思ったりもしましたが、残念ながら、涙は出てきてくれそうにありません。いつもみたいに、笑って終わりたいと思います。わたしは優平くんと結婚して北野理也子になりますが、村瀬理也子でいた二十七年がある以上、完全に村瀬理也子でなくなることもないような気がしています。と、こんなことを言ってしまって、優平くんのお父さんお母さん、ごめんなさい。もちろん、お二人がわたしの新しいお父さんお母さんになってくれて、とてもうれしいです。優平くんに紹介されて初めてお会いした時、ものすご～くほっとしました。お二人の娘になれるんだなと、心の底から喜べました。その時に初めて、本気で結婚を決めたと言ってもいいかもしれません。四人のお父さんお母さん、これからもよろしくお願いします。泣けなくて、すいません。今日来ていただいた方々には、もっと感動的な場面をお見せしたかったのですが、できませんでした。本当にすいません。わたし自身が、このお腹の子とともに、今とても幸せだということで、どうかご容赦ください。それと。優平くんが焼いたパンはとてもおいしいので、お時間がありましたら、お店に食べに来てください。今日は本当に本当に、ありがとうございました」

大きな拍手が起きた。理也子さんの両親の隣に立つ僕の父も拍手をしたし、その隣の母も拍手をした。新郎親族席の久美さんも拍手をしたし、僕も拍手をした。

花嫁の号泣はなし。いい披露宴だったと思う。

優平と理也子さん。いい夫婦になると思う。

敵対の三月

　さすがに秋山栄人のケータイの番号を久美さんに訊くわけにはいかなかった。現段階で、僕と栄人の関係は遠すぎた。久美さんにしてみれば、僕が栄人に電話をかける理由などあるはずがないのだ。

　だが、かけた。栄人が勤める会社に。光学機器メーカーの、横浜にある研究所に。総合スーパーの島村さんのところに顔を出した後、すぐそばに位置する公園に行った。木々とベンチがあるだけの、こぢんまりした公園だ。遊具がないので、子どももその親もいない。

　初めからそこにしようと決めていた。落ちついて私用電話をかけられる場所というのは、屋内屋外を問わず、実は少ないものだ。屋内で一人になれる場所は少ないし、屋外で風や物音が気にならない場所も少ない。その公園は総合スーパーの立体駐車場の裏にあるので、うってつけだ。その駐車場で、風がうまく遮られる。

　午後三時半過ぎ。二つしかないベンチの一つに座り、電話をかけた。会社のケータイからではない。自分のスマホからだ。非通知発信にはしない。別にこちらの番号を知られてもいいのだ。むしろ知らせたい。

研究所の番号は、あらかじめ調べておいた。課ごとの番号まではわからなかったので、いわゆる代表番号だ。

誰かしら女性が出るものと思っていたが、男性が出た。研究所。受付嬢を置くという感じではないのかもしれない。

先方が研究所名を告げたので、こちらも名乗る。

「もしもし。北野俊英といいますが、システム開発課の秋山栄人さんをお願いできますでしょうか」

「えーと、失礼ですが、どちらの北野様で」

「あ、すいません」と言い、自社名を告げた。

これも別にかまわない。嘘をつく必要はない。つく方がマズい。

「どうも。お世話になっております。少々お待ちください」

カップ麺メーカーと光学機器メーカーにつながりがあるのかは知らない。僕だけでなく、相手も知らなかったはずだ。だが会社というものはどこでつながっているかわからない。下手にあれこれ尋ねるよりは本人に任せた方がいい、と判断してくれたのだろう。これもある意味では、僕の会社が大手だからこそ、だ。誰でも社名を知っている。それだけで、ある程度の信用を勝ちとれる。

しばらく保留音が鳴った後、内線に切り換えるような音がして、呼び出し音が鳴った。システム開発課の誰かに受話器をとらせるのでなく、北野という人からの電話だと伝えた上で、本人につないでくれるのだろう。

「もしもし」と声が聞こえた。先ほどの男性ではない男性の声だ。

「もしもし。秋山さんですか？」

「はい」

「初めまして。北野俊英です」

「北野さん」

「絵美の夫です。久美さんの妹の絵美の」

「あぁ。そうですか。どうも」

声に慌てた感じはない。驚きはあるが、動揺はない。驚くのは当然だろう。予想もしていない相手から電話がかかってくれば、誰だって驚く。

自分からはしゃべらない。しゃべらせる。

「えーと、どうやってこの電話の番号を？」

ここは賭《か》けだ。思いきって、言ってしまう。

「久美さんに聞きました。こちらにお勤めだと」

「あぁ。なるほど。それで、えーと」

今度はしゃべらせない。自分から言う。

「絵美のことで電話しました。意味は、おわかりですよね？」

「いや、あの、何でしょう」

「絵美と秋山さんが二人で旅行に出た件で電話をしたんですよ。温泉宿に出かけた件で」

は？　何ですか、それ、と言われる可能性もある。とは思っていた。

言うなら僕の言葉を聞いてすぐに言うはずだが。しばしの間ができた。

あちらはあちらで、こちらの事情を知らないのだ。こちらがどこまで知っているかを、知らないのだ。絵美とのことを知られていてもおかしくはないと思っている。絵美が何か証拠を残していてもおかしくはないと思っている。残さなかったよ、と言ってやりたいが、もちろん、言わない。

「あぁ。そう」と栄人は言った。口調が少し変わった。光学機器メーカーの研究員から秋山栄人個人に戻った、ということかもしれない。

会社の電話。内容はすべて録音されていたりしないのだろうか。と余計な心配をする。もしされていたら。僕はいいが、栄人はいやだろう。

「そんな電話を、会社にかけてきたんですか？」

「はい。個人の番号は知らなかったので」

「勤め先を訊けるなら、番号も訊けばいいじゃないですか」

「そこまでは訊けなかったですね」

また間ができる。

栄人は考えているようだ。そしてこんなことを言う。

「久美は北野さんがこうしてるのを知らないってこと？」

「まあ、そうですね」

口調だけでなく、言葉遣いまでもが変わる。だがさすがは理系。頭の回転が速い。僕が栄人なら、そこまでは訊けなかったですね、だけでそこまでは推測できなかっただろう。

「で、何？」

その言葉に驚く。驚き、かえって冷静になる。

「何とは？」

「何がしたいの？　これは何がしたくての、電話？」

そう言われると。何も考えていなかった。電話がつながれば、勝手にことが動いていくものと思っていた。栄人が8であるなら、栄人自身がことを動かしていくはずだと思っていた。栄人にそのつもりがなさそうなことに驚く。たじろぐ。

急いで考える。僕は何がしたいのか。何がしたくて、この電話をかけたのか。

「一度会いましょう。会って、話をしましょう」

「何のために？」

「理解するためにですよ。あなたがじゃなく、僕が納得するためにですよ」

「納得」

「ええ」

「会えば、納得する？」

「さあ。それはどうかわかりません。ただ、会わないで納得することは、ないでしょうね」

「いつ？」

「はい？」

「いつ会うのよ」

「あぁ。えーと、近いうちに。できるだけ早く」

「しばらくは忙しいよ」

「人の葬儀にも行けないぐらい、ですか？」

「は？　何それ」

「まあ、いいです。じゃあ、いつならいいか言ってください」

「そっちが会いたいんだから、近くまで来てくれるんだよね？」

「行きますよ。何なら研究所にも行きます」

タチの悪い冗談に、タチの悪い返事が来る。冗談そのものを受け入れない返事だ。

「いいよ、来なくて。じゃあ、えーと、そうだな、あさってにしよう。あさって。水曜の夜」

「忙しくないじゃないですか」

「水曜は、ノー残業デーなんだよ」

「研究所にもあるんですね、そんなのが」

「あってないようなもんだけどね」

「場所は、どうします？」

「横浜にしよう。ＪＲの横浜駅。構内のカフェでいいでしょ。それなら、そっちも改札を出なくて済む」

交通費の心配をしてくれるわけだ。そうでなければ、地元に足を踏み入れさせたくないのか。

南改札内のカフェで午後八時に待ち合わせ、との約束をし、番号を教え合って、電話を切った。じゃあ、と言うだけのそっけない切り方だ。言い合ったのではない。言ったのは僕だけ。じゃあ、と僕が言い、あちらが先に切った。もう一度かけて、そんな電話対応じゃ営業はできませんよ、と言ってやりたくなる。可能なら、あの島村さんに、ぜひとも痛い目に遭わせてもらいたいところだ。あなたがた大手はいつもそうだと、研究員としての研究そのものまで否定してもらいたいところだ。

何にせよ、こんな結果が出るとは思わなかった。こうもすんなりいくとは思わなかった。

ただし、栄人の態度は意外だった。まず、自分が8であることを認めないだろうと思っていた。認めたなら下手《したて》に出るだろうとも思っていた。認めた上で、下手には出ない。予想外だ。

とはいえ、していないように見せて動揺したことはまちがいない。だから、あさってなどという早い日にちを指定してきたのだ。長い時間やきもきして過ごしたくはないから。不倫相手の夫に何を言われるのかと、あれこれ思い悩んで過ごしたくないから。

僕にしてもそうだ。変に対策を練《ね》る時間を与えたくない。都合よくねじ曲げられた情報はいい。知るべきことだけを知りたい。絵美が亡くなった今、どんな気持ちでいるのかを、栄人自身の口から聞きたい。どんな気持ちで姉の久美さんと結婚するのかを、聞きたい。こうまで言うのは恥ずかしい限りだが。どんな無様な釈明をするのか聞きたい。久美さんには言わないでほしいと、どんな態度で僕に懇願《こんがん》するのか見たい。見聞きした上で、どうするかを決めたい。

適度に荒ぶる気持ちで、二日間を過ごした。

約束のあさって、水曜日は、雨が降った。

その意味でも、駅から出ずに済んで助かった。幸先《さいさき》がよいと感じた。

東京駅から、東海道本線で横浜駅に行った。わざと少し遅れて着くというような小《こ》細工《ざいく》はしなかった。あくまでも正攻法でいきたかった。堂々としていたかった。あちらが遅れたとしても鷹揚《おうよう》に構えていよう、と思った。

遅れては来なかった。秋山栄人は午後八時ちょうどに来た。計っていたかのように、ぴったりだ。

まず、電話が来た。秋山、と画面に出た。8ではない。秋山。フルネームで登録するのもいやなので、名字だけになったのだ。

「もしもし」

「秋山ですけど」

「もう着いてます」

「じゃあ、店に入るよ」

それらしき人物が入ってきた。チノパンにカジュアルなコート。目は悪くないのかコンタクトを使っているのか、メガネはかけていない。髪はやや長めだが、会社員として長すぎはしない。

店の出入口に顔を向けていたので、あちらも気づいた。寄ってくる。

遠慮がちに来いよ、と思いつつ、迎えた。

「どうも」

「どうも」

栄人がそのままドリンクを買いに行き、二分ほどで戻ってきた。

同じ物を飲むのがいやでカプチーノを頼んだのに、栄人が買ってきたのもカプチーノだ。同じように考えたのかもしれない。

僕は奥のカウンター席を選んでいた。右の白い固定椅子に置いていた仕事用のカバンをどける。

栄人がそこに座る。タバコは吸わないのか、禁煙席であることについては触れない。禁煙席だけどいいですか？　とは僕も言わない。喫煙者なら、我慢させる。喫煙席に移って、栄人が吐きだす煙を吸いこむつもりはない。

椅子そのものが近いため、栄人も近い。横並びなので、顔はあまり見られない。チラチラ見るしかない。実際、チラチラ見る。栄人は僕より五歳上、三十八歳のはずだ。知っているからそう見える。同い歳と言われれば、やはりそう見えるかもしれない。

「忙しいとこわざわざどうも」と言う。

皮肉のつもりはないが、そう聞こえたらそれでいい。そう聞こえてほしいというくらいのことは、思う。

「忙しかったけど切り上げたよ。ノー残業デーだから」と栄人が返す。

おとといの電話同様、噛《か》み合う感じがない。

今日もそのスタンスなのだな、と判断する。会えばちがうかもしれないと、思わないこともなかった。中一日とはいえ、間も置いた。少しでも考えれば、それぞれの立場が理解できたろう。その程度のことが理解できなければ、何らかのシステムを開発したりもできないだろう。それとも。できるのか？

「明日も仕事なんで、あまり時間はとれないよ。なるべく早く済ませたい」

「僕も仕事ですよ。今日だって、ここからまた東京を通って蜜葉《みつば》市に帰らなきゃいけない。でも、早く済ませるつもりはありませんよ。やっつけ仕事をしに来たわけじゃないから」

「早く済ませるっていうのは言い方が悪かった。ほんとに朝が早いんだ」

「何時ですか？」

「五時。起きるのがじゃなく、仕事場に五時」

「それは、早い」

「嘘じゃないよ」

「嘘だとは、思ってませんよ」

少し思っている。思いたい。あんたは嘘をついていますよ、嘘をつくような人間ですよ、と。

「絵美さんを亡くして気の毒だとは思うよ。遅ればせながら、お悔やみは言わせてもらう」

「遅ればせすぎですね。もう八ヵ月以上経ちますよ」

「葬儀には」

「仕事で行けなかったんですよね。通夜《つや》にも葬式にも。そんなにも、忙しいんですよね」

「そんなにも忙しかったんだよ、あの時は。アメリカに出張したり何だりで」

「久美さんの葬儀でも、行きませんでしたか？」

「まさか。行ってたよ」と栄人は悪びれずに答える。「関係性がちがうだろ、久美と絵美さんでは」

すごいことを言う。ちょっと感心する。

「後で時間をとって、高原さんのところへは行かせてもらったよ」

「それは聞きましたよ。久美さんに」

「他には何を聞いてる？」

「何も」

「で、久美にも何も言ってないわけだ」

「ええ」

栄人がカップのカプチーノを飲む。

真似たわけではないが、僕もカプチーノを飲む。同時にそうしないと、会話が一々途切れるからだ。

狭いカウンター席に並んで座り、ともにカプチーノを飲む三十八歳と三十三歳の男。せめて商談をしているように見えればいい。友人や兄弟のようには、見えてほしくない。

「電話でも言ったけど。君は何がしたいの？」

「まずは話をしたいんですよ」

「してよ。じゃあ」

またカプチーノを飲む。栄人は飲まない。同じタイミングで飲めよ。会話がしづらいから。

「絵美と、どういう関係でした？」とストレートに尋ねる。

「どういう関係、か。アバウトだね」とアバウトな答が来る。

「二人で温泉宿に行くような関係だったわけですよね？」

「知ってるなら、確認しなくてもいいだろ」

「そういう関係だったと、捉えていいんですね？」

「そういう関係。またアバウトに戻ったね。中高生みたいに訊けばいいのに。セックスはしたんですか？　って」

「じゃあ、そう訊いたと考えてもらっていいですよ。で、どうなんですか？」

「答える気はないよ、そんな質問に」

「何ですか、それ」

「あなたは昨日セックスをしましたか？　と訊かれて、君は答えるのか？　そんな質問に答える義務があると思えるのか？」

「それは意味がちがいますよ。秋山さん自身、そうだとわかってるのに、はぐらかしてる」

「はぐらかしてはいる。でも元をたどれば質問の意味は同じ。そんなものには答えない。答えないのが絵美さんのためだとも思うよ」

「答えたも同じですね」

「そうとりたいならとればいいよ。それは君の自由だ」

「変なところで変な言葉を使いますね。つまらない自由だ」

「そもそも自由なんてないからね」

「それもまたつまらないですね」

「君が何か言わせたがってるから言ってるだけだよ」

カプチーノを飲む。栄人は飲まない。飲まないなら僕が飲んでやろうか、と思う。

「それでも、久美さんと結婚するわけですか」

「それでも、の意味がわからないけどね。結婚はするよ。初めからそのつもりだったし」

「僕が義理の弟になるんですよ」

「こうなった今でも、なるのかな」

こうなった今。絵美が亡くなった今、だ。なるのかどうか、僕にもよくわからない。なりたくはないが、なるのかもしれない。

今ここで、久美さんとの結婚についてどうこう言うつもりはない。立ち入るつもりはない。それは後で、久美さん自身が判断することだ。

「エミリン」と僕は言う。

「ん？」

「そう呼んでたんですね」

栄人が苦笑する。ようやくカプチーノを飲む。僕は飲まない。むしろ間を置きたい。自発的に行う釈明を聞きたい。

「そうか。メールを見たのか」と栄人が言う。「ケータイは、残ってたんだね」

返事をしない。こちらが情報を明かす必要はない。そんな義務はない。勘ちがいをしてもらっては困る。僕らの立場は対等ではないのだ。誰がどう考えても、そうだろう。

「あまりいい趣味じゃないね、人のメールを見るのは。事情が事情とはいえ、いいこととは言えない」

カプチーノを飲む。すでに潤っている喉をさらに潤し、どうにか声を絞り出す。

「妻がね、亡くなったんですよ。意味がね、わからないんですよ。ケータイだけが遺された。見るだろ、それは」

「絵美さんは、ケータイにロックをかけてたんでは？」

「知ってるんですね、それも」

「本人が言ってたからね、君に勧められたって。変わった夫婦だと思ったよ」

「どう思おうと、それはそちらの自由ですよ。これまたつまらない自由です」

「そのロックを、どうやって解いたわけ？」

「いいでしょう、別に」

「順番に入力したんだね。数字の四ケタなら一万通り。やろうと思えばできる。普通はやろうと思わないけど、まあ、思う場合もある。で、実行して、解いたわけだ」

そんなことは誰にでも推測できる。理系の研究員でなくても。例えば僕でもできる。

だが絵美のケータイに事故当日のメールしか残されていなかったことまでは、推測できないはずだ。そうであろうとの希望的観測はできても、そうだとの確信はできないはずだ。だからこそ、栄人は今僕と会っている。二人のことを、僕がほぼすべて知ってしまったと思っているから。

「秋山さんが忙しくて頭のいい人間だということはもうわかりましたよ。で、エミリンは？」

「それが、何？」

「そう呼んでたんですよね？」

「メールにそう書いてあったのなら、そうなんだろ」

「そういうとこもあるんですね」

「そういうとこって？」

「好きな女性を、エミリンとか言っちゃう」

「そんなの、冗談みたいなものだよ。メール自体がまず、そうだ。その時その時の了解事項がお互いにあって、文字にしたりしなかったりすることで、ふざけ合う。それこそ誰だってやることだろ。わざととぼけたことを言ってみるとか、相手を変なあだ名で呼んでみるとか。会話ではしない言い方を、メールではしたりもする。会話とはまたちがう感じが、メールにはあるからね」

わかっていることを説明されると腹が立つ。したり顔で説明されると、なおさら、立つ。

秋山栄人。有体《ありてい》に言えば。こいつ、何なんだ。偏見ととられてもかまわない。いやな意味での理系だ、と思う。

「何であれ、人の妻にエミリンはどうかと思いますけどね。まあ、それはいいですよ。問題なのはその、人の妻って方なんで。それについては、どうですか？」

「どうって？」

「どう思ってます？」

「だから、どうって？」

言いたくもない言葉をこちらから無理に引きだし、後で、あの時はああ言ったこう言ったと難癖をつけるタイプなのだろう。それもそれでいい。はっきりと、訊いてしまう。

「悪いと思ってます？」

「少しは」

「少し、ですか」

「大人の女性として、絵美さんは自分でそうすることを決めたんだからね」

「大人の男性として、稚拙《ちせつ》な言い訳ですね。言い訳にもなってない。話を全部すり替えてる」

カプチーノを飲む。もうなくなりかけているので、少しだけ飲む。ほとんどミルクの泡しか残ってない。

栄人もカプチーノを飲む。久しぶりに足並みが揃う。

駅構内にある店なので、人の出入りが激しい。一人客が多い。あらためてそのことに気づく。そんな中、三十八歳と三十三歳の男二人だけが、顔を合わせずにボソボソとしゃべっている。ボソボソと、互いに傷つけ合うようなことを、しゃべっている。

「あのさ」と栄人が言い、

「はい」と僕が言う。

「おれが彼女を殺したわけ？　おれが車で体当たりでもして、タクシーを崖から落としたわけ？」

さすがに驚いてしまう。本当に、すごいことを言う。凄《すさ》まじいことを言う。

こちらも何か言わなければならない。すぐに言い返さなければならない。

「絵美と旅行に出たことは認めるんですね？　温泉宿で合流するつもりだったこと

は、一人、自分の車で帰ったんですね？」

「認めるも何も、メールを見たんだろ？」

「それで絵美があなった後、名乗り出もせずに、黙ったまま、久美さんと結婚するわけですね？」

「警察から宿に連絡が来たんで、確認はしたよ」

「そういうことは黙ったまま実家に行って、悲しんで見せたわけですね？」

声が大きくなったのだろう。空いた椅子を一つ挟んで栄人の隣にいた二十代前半とおぼしき女性がチラリとこちらを見る。

栄人がカプチーノの残りを一気に飲み干し、立ち上がる。そしてレジカウンターのところへ行き、ドリンクのお代わりを買って、戻ってくる。

手にしたカップは二つ。一つを僕の前に置き、一つを自分の前に置く。僕のはカプチーノ、自分のは普通のコーヒーだ。

「おごりたくはないけど、おごるよ。ついでだから」

「いいですよ。払います」

そう言って、上着の内ポケットから財布を出そうとする。

「いいから。それこそつまらないことをするなよ。たかが三百円ちょいで」

そう言われ、手が止まる。浮かしていた財布を、内ポケットの底にストンと落とす。

栄人はカップにポーションミルクを入れ、スプーンでかき混ぜる。一口飲む。いただきますは言わずに、僕もカプチーノを飲む。代金は払わないが、おごられたつもりもない。

「おれを恨むのはいいよ。そんなの、好きにすればいい」

「言われなくてもしますよ、好きに」

「あの時出かけてなければ事故には遭わなかった。そう考えるのもしかたない。どっちが誘ったとか、そういうことも、どうでもいい」

「よくはないですよ。どっちが誘ったんですか？」

「絵美さんだよ」と栄人は即答する。「まあ、信じなくてもいい。そんなことに大した意味はないから」

「だから、なくはないですよ」

二杯めは僕もコーヒーがよかったと思いつつ、カプチーノを飲む。一杯めだって、好きだから頼んだわけではない。

「君は、絵美さんに何も言ってやらなかったんだろ？」

「はい？」

「流産なんてなかったことみたいに過ごしてたんだろ？　それを二年も三年も、続けてきたんだろ？」

予想外の言葉がいきなり出た。流産。ずっと僕にまとわりついてきたが、栄人の口から出ることは予想できなかった言葉だ。

流産なんてなかったことみたいに過ごした。

その通り。確かに僕は、そんなふうに過ごした。それが絵美のためになると思ったからだ。子どもや妊娠といった言葉を絵美が自ら口にできるようになるまで待とうと思ったのだ。

「初めは助かったと言ってたよ、絵美さんも。でも途中からは、君があきらめたと思ったみたいだね」

「あきらめた？」

「ああ。絵美さんがそれとなくそんな話をしても、君は耳を貸さなかったそうだから」

そんなことはない。と思う。そもそも、絵美がそんな話をしたことがあっただろうか。あったことは、あったのかもしれない。おそらく僕は、絵美が無理をしていると感じた。だから踏みこまなかったのだろう。耳を貸さなかったわけではない。と思う。

「半年や一年ならまだわかる。でも二年、三年は長いよ。一緒に暮らしてての、二年、三年。先は見えてこない。見放されたと思ってもおかしくない」

「見放されたと、絵美が？」とつい訊いてしまう。

「言ったね。そんなことは考えなくていいから、と君に言われて、そう思ったらしい」

そんなことは考えなくていいから。なんて言っただろうか。覚えてない。言ったことすら覚えてないのだから、そんなこと、が具体的にどんなことだったのかも、もちろん、覚えてない。子どもがどうとか妊娠がどうとか、そういうことだったのだろう。

絵美が流産してから、僕らの間にセックスはなかった。

病気など特別な事情がないのに一ヵ月以上性交渉のないカップルをセックスレスと定義するらしい。自分たちはその定義にあてはまらない、と思っていた。病気ではないが流産という特別な事情があるから僕らはセックスレスではない、と。

流産したからといって、セックスができなくなるわけではない。そのくらいのことは知っている。調べさえしたのだ。

ただ、拒《こば》まれることを怖れた。流産した自分にそんな無神経な要求をしてくるのか。そう思われ、それで夫婦の関係が壊れることを、怖れた。

タイミングを計っているうちに、時間はどんどん過ぎた。そろそろ、と思ったことも何度かある。だが僕は見誤りつづけた。好機を見出せなかった。正直に言えば、少し面倒だと感じるようにもなっていた。絵美が言ってきた時に応じればそれでいい、と思うようにもなっていた。

流産の一年後に絵美が仕事を始めたのも大きかった。そのことが、僕にマイナスの力を与えた。問題を先送りにすることを絵美が自分で選択したと、そう思えてしまったのだ。

「久美と絵美さんとの三人で食事をしたことがある。それは、聞いた？」

「聞きました」と素直に答えてしまう。言葉を選ぶ余裕がない。

「その時に絵美さんにメールのアドレスを訊かれて、教えた。もちろん、久美の前でね。何日か後にメールが来て、それから何度かやりとりした。で、会おうと言われて、会った。会って、話をした」

「会っただけですか？」

栄人は不快な顔をした。横顔でも、それがわかった。初めて不快な顔をさせることができた。あまりうれしくない。いやなことを言ったと、僕自身、思った。

「おれは久美もいた方がよかったけど。絵美さんがそれをいやがった。まあ、身内がいると話しづらいこともあるからね。おれも、二人でなら会わない、とは言わなかったよ。それで、何度か会って、話をした」

「どこでですか？」

「品川駅にもあるこんな店で。それぞれの職場の中間辺りってことで、そうした。君は、ケータイにはロックをかけさせるくせに、奥さんを疑いはしないんだね。友だちとご飯を食べてくるって言うだけでだいじょうぶだと、絵美さんは言ってたよ」

友だち。内田若菜さんだと、その時も僕は思ったのだろう。

「本当に疑ってなかったのか？　それとも、疑ってないふりをしてただけなのか？」

答えない。答えられない。どちらなのか、自分でもよくわからない。疑わないこと。疑わないふりをすること。僕にしてみれば、その二つに境界線はない。

「そんなんじゃ見放されたと感じるかもしれないね、奥さんも」

やはり何も言わない。カプチーノを飲む。二杯めはくどいと感じる。

おかしい。いつの間にか、立場が変わっている。どう考えても、僕の優位は動かないはずなのに。

「絵美さんは言ってたよ。君に遠ざけられてるみたいだって。自分が腫れ物になったみたいだって」

腫れ物という言葉はさすがに響く。こたえる。絵美が腫れ物。僕にとって絵美が、腫れ物。

栄人の言うことは、嘘か本当かわからない。もう絵美が口を開けないのをいいことに、ありもしないことを言っているのかもしれない。久美さんと結婚したいばかりに、適当なことを言っているのかもしれない。

ただ。嘘だとも言いきれない。本当かもしれない。何もしないことで人を傷つけてしまうこともある。のか？

「普通、奥さんを泊まりの旅行に出さないだろ。七十代の年寄り夫婦じゃあるまいし。出すにしても、相手が誰かぐらい確認するだろ。そこは疑うべきだろ」

気づく。

栄人は開き直っているのではない。絵美の夫である僕よりも自分の方が、いわば正義だと思っているのだ。栄人は栄人で、僕を糾弾するつもりで、今日ここへ来たのだ。

北野俊英と北野絵美は夫婦。そこへ割りこんできたのが秋山栄人。どんな理由があれ被害者は自分だと、知らず知らずのうちに思いこんでいた。そうなって当然だ。思いこんでいいのだと、今でも思う。

だが。知らず知らずのうちに自分が加害者になっていることもある。のか？

被害者面《づら》という言葉がある。大抵は、他人に対して使う。僕は被害者面をしています、などと言うことはまずない。自覚のない場合がほとんどだからだ。

自分を善人だと思いこんでいる者はタチが悪い。認めたくはないが、僕もそうだったのかもしれない。いや。そういう部分も、少しはあったのかもしれない。

常に気をつけておかないと、人はそうなる。よほどのことがない限り、自分を悪人だとは思わない。例えば犯罪者だって、犯罪を行うべく、犯行現場に車で向かう際、他の車に道を譲る。相手から短いクラクションやライトの点滅で謝意を示され、自分を善人だと思う。

姉の久美さんはともかく。秋山栄人と内田若菜さんと僕。三人の中で、絵美と知り合ってからの時間が一番長いのは僕だ。にもかかわらず、絵美を一番理解していなかったのも僕。そういうことだろうか。

「まあ、知りたいなら教えるよ」そして栄人は言う。「体の関係はなかった。絵美さんとセックスをしたことはない」

「それを、信じろと？」

「いいよ、信じなくて。絵美さんのために言っておくべきかと思っただけ。あとは君自身がどう思うかだよ。おれはどっちでもいい。君が信じても信じなくても」

栄人がコーヒーを飲む。飲み干しはしない。

「じゃあ、もういいかな」と立ち上がる。

僕は何も言わない。引き止めもしない。

「悪いけど、カップは片づけといてよ。それでおごりはチャラ、貸し借りはなしってことにしよう」

そして栄人は足早に店を出ていく。歩きながら器用にコートを着る。

その後ろ姿を目で追う。栄人は一度もこちらを見ない。わざとらしいな、と思う。たとえいやな相手でも、一度ぐらいは見るものだろう。

残されたのは四つのカップ。二つは空《から》で、二つはコーヒーとカプチーノがそれぞれ半分ほど入っている。

カプチーノを最後まで飲みきらずに立ち上がる。チャラにはしない。カプチーノを残した分、貸しも残す。

四つのカップを片づけながら、思う。

横浜から東京経由でみつばまで。遠い。今が午後十時前。マンションに着くのは午前〇時近くだろう。まちがいなく、僕はそれから缶ビールを飲む。明日も仕事だが、久しぶりに、五、六本空けてしまうかもしれない。朝には、これまた久しぶりに止瀉薬だ。

それで済めばいい。

初めて仮病《けびょう》で会社を休み、朝からさらに缶ビール、とならなければいい。

停滞の四月

仮にそれまで体の関係がなかったとしても。

温泉宿。

絵美と栄人がそこに行き着くことはなかったが、もし行き着いていたとしたら。そこでは何かがあったかもしれない。二人とも、そのつもりでいたかもしれない。

そもそも、関係がなかったという話自体、嘘かもしれない。北野俊英が信じそうだと見た栄人が畳《たた》み掛けた、嘘だ。

何にしても。8は秋山栄人だった。絵美と栄人は二人で会っていた。二人で旅行に出さえした。そして絵美は死んだ。栄人は生きている。生きていて、久美さんと結婚する。

関係がなかったと言うならそれでもいい。いつも絵美が誘ったと言うならそれでもいい。ただ。久美さんがそれを知らないのはなしだろう。知らずに結婚するのはなしだろう。事実を知っているのに、僕が久美さんに伝えない。それもやはり、なしだろう。

考えをまとめるのに要した期間は、およそ二週間。そこで絶好の機会に恵まれた。こちらから声をかけるまでもなく、声をかけられたのだ。久美さんからではなく、勇さんから。久美と四人で一度ゆっくり食事でもしよう。俊英くんの都合のいい土曜か日曜にウチに来てほしい。と。

一度ゆっくり、がしっくりくるほど、間は置かれていない。たかだか三ヵ月前、正月にも僕は高原家を訪ねている。食事をしてもいる。まあ、ゆっくりという感じではなかった。どこか急いでいる感じがあったし、義務感もあった。お互いにだ。

電話をくれた勇さんの声から、前回と同じその感じは聞きとれなかった。絵美が亡くなって一年は経たないが、優平が結婚してからは二ヵ月が過ぎた。何か一つ落ちついたということかもしれない。何日の日曜日に、と自ら指定するのでなく、僕の都合がいい土日にと言ってくれるあたりに、いくらか余裕を感じた。

都合がいい日を伝えた。電話をもらった土曜日の、次の土曜日だ。

もしかしたら久美さんの結婚を告げられるのかもしれない。そう思っていた。だとしても、久美さんに栄人のことを伝えるつもりでいた。六月に結婚するなら、まだ二ヵ月ある。ここがリミットだろう。

結果から言うと。久美さんの結婚は、告げられなかった。その報告のために呼ばれたわけではなかった。

正午ちょうどに、横浜市神奈川区の高原家に着いた。約束の時刻も正月と同じだ。

高原家は４ＬＤＫの一戸建て。和風か洋風かで言えば、洋風。二階に久美さんと絵美が使っていた部屋がある。絵美と二人で泊まりに来た時は、絵美の部屋で寝た。

僕が着いた時には、すでに久美さんも来ていた。食事の準備が調《ととの》えられてもいた。

「手料理にしようかとも思ったけど、俊英くんが好きな寿司にしたよ」と勇さんに言われた。

寿司は好きだが、最近は食べていない。缶ビールを飲んでばかりいたので、食べる機会がなかったのだ。ただでさえ、止瀉薬頼み。腹は強くない。冷たいビールに冷たい寿司の組み合わせはない。自分ではやらない。

その前に、根本的なことを言ってしまえば。寿司は好きだが、大好物ではない。好きは好き、という程度。

結婚後、この高原家を訪れた時に、俊英くん、寿司は好きか？　と勇さんに訊かれ、好きです、と答えた。その印象が残っているのだと思う。俊英くんは何が好きだ？　と訊かれていたら、やっぱりラーメンですね、と答えていたろうが、そう訊かれたので、そう答えた。それだけの話だ。

まずは一階の和室にある仏壇に向かい、手を合わせて、お線香を上げた。僕のマンションの居間にある家具調仏壇よりはずっと立派な仏壇だ。初めて訪れた時、つまり絵美との結婚を申し込みに来た時に、まずそうしてくれと勇さんに言われた。それからは、来るたびにそうしている。

その後、居間で食事をした。

近所にあった寿司屋が潰れてしまったので、回転寿司屋の中では質が高いと評判の店に勇さんが電話で注文し、わざわざ車で取りに行ってくれたのだという。

日本酒とどちらがいいかを基子さんに訊かれ、結局、ビールをお願いした。そしてその寿司を頂《いただ》いた。

まずは優平の結婚のことでおめでとうを言われた。勇さんと基子さんだけでなく、披露宴に来ていた久美さんにまで言われた。ありがとうございます、と三人それぞれに返した。

食べながら、久美さんと、仕事の話をした。

この四月に久美さんは異動したという。本社内で、それまでいた事業部から広報室に移ったのだそうだ。

仕事の内容がまったくちがうから大変、らしい。まあ、そうだろう。営業しか知らない僕がいきなり広報に行かされて何かできるとも思えない。福田や島村さんならできるかもしれないが、僕にはできない。

久しぶりに食べる寿司はうまかった。そう言うと、勇さんもすんなり同意した。

「そうなんだよ。安くこれを出されるんだから、個人の店はやっていけなくなるよなぁ。それこそ繁華街《はんかがい》のいい場所で高級店としてやるか、こんなチェーン店としてやるかしかない。いくら味がいいといっても、住宅地じゃそうそう客も呼べないし」

「ほんとにねぇ。今じゃコンビニさんだってお寿司を売ってるものね」と基子さんが続く。

「潰れた寿司屋の大将も言ってたよ。ついに限界が来ましたって。息子を寿司職人にしなくてよかったって」

「息子さんは、公務員だものねぇ」

「そっちを選んで正解だよ。一時期は店を継ぐ継がないでもめたらしいけど、息子の方が正しかったって、大将自身が認めてた」

そう言って、勇さんは猪口《ちょこ》の日本酒を飲む。基子さんがお代わりを注ぐ。

正月よりは、ずっと寛《くつろ》いだ感じがある。年が替わったことが、やはり大きいのかもしれない。正月の時も、もちろん年は替わってはいたが、まだ二日。替わりきってはいなかった。

次は自分が日本酒を注がなきゃな、と考えていた僕に、勇さんが言う。

「なあ、俊英くん」

「はい？」

「変なふうにはとらないでほしいんだが」

「はい」

「絵美があなって、そろそろ十ヵ月になる」

「そう、ですね」

「我々もきつかったが、俊英くんはもっときつかったと思うよ」

「いえ、それは」とそこでとどめる。

否定もできないし、肯定もできない。きつかったことはきつかった。今もまだきつい。だが僕のきつさと勇さんや基子さんのきつさは比べられない。比べることに意味もない。おそらく夫には夫の、親には親の、きつさがある。夫が妻を亡くす可能性よりは、親が子を亡くす可能性の方が低いだろう。若くして夫が妻を亡くす可能性も、低いことは低いが。

「俊英くんはまだ若い。だからこそ、早いうちに言っておきたい。俊英くんは、自由だよ」

「自由」

またその言葉が出る。一番近いところで口にしたのは秋山栄人。そう。つまらない自由、だ。いや。つまらない、は僕が足した。栄人が言ったのは、自由、だけ。

「もしもいい相手が見つかったら、いいようにしてくれてかまわない。絵美にも我々にも、気兼ねしなくていい」

　それを言うために、僕をここへ呼んだのか。呼んでくれたのか。

「母さんともね、話したんだ。こっちから言わないと、俊英くんも動きづらいだろうって。な？」

「ええ」と基子さんが頷く。

「俊英くんは、今、三十三だろ？」

「はい」

「まだ若いが、そんなには若くない」

「そうですね。もうおじさんです」

「それを言ったらわたしもおばさんてことじゃない」

　久美さんがそう言い、勇さんと基子さんが笑う。場が和《なご》む。

「ありがとうございます」と高原家の三人に言う。「すぐにどうこうはないと思いますけど、そう言っていただいたことは、心に留《と》めておきます。もちろん、どうなっても、絵美のことを忘れはしませんけど」

「こっちも、そう言ってくれるだけで充分だよ。もしも新しい人ができたら、絵美を忘れようとすることも必要だ。そうでないと、その人に失礼になるからね。そもそも、一度結婚した相手を忘れるわけがない。だから、忘れようとするもしないもない。ただ前を見てればいいんだと思うよ」

「はい」

「ちょっと説教臭いことを言ったな」

「いつものことじゃない。これまで何度言われたか」

久美さんが言い、またしても勇さんと基子さんが笑う。場がさらに和む。

高原家は絵美を失った。僕が絵美と結婚した時点ですでに失っていたのだが、本当の意味でも失った。とはいえ、久美さんは残っていた。今度はその久美さんまでも、失うわけだ。おそらくは二ヵ月後の六月に。

このままそうさせるべきではないだろう。後になって事実を知る可能性もあるのだから、やはり今のうちに知っておくべきだろう。勇さんと基子さんはともかく、当の久美さんは。

高原家にいたのは、三時間ほど。正月よりは一時間増し。寛ぎの度合いもまるでちがっていた。ごちそうさまでしたを言い、家を出る時の気分も、まるでちがっていた。

その際、勇さんは、箱に入ったウイスキーをくれた。バランタイン21年。名前だけで高価と推測できるスコッチだ。ランクで言うと、30年に次ぐ二番手らしい。よかった。二番手で。

「もらい物なんだけど。おれはウイスキー党じゃないから、飲んで。俊英くんが飲まないなら、行雄さんに上げてもいいし」

お礼を述べてありがたく頂戴《ちょうだい》し、厚めの紙袋を提《さ》げて、高原家をあとにする。

そして。気を引き締めた。

寛ぎもここまで。これからは、いやなことを言わなければならない。飲んだビールは、三百五十ミリリットル缶を三本。いやなことを自ら話すのにちょうどいい酔い具合だ。

久美さんを誘い出す必要はなかった。わたしも一緒に出る、と久美さん自身が言ってくれたからだ。

一秒でも先延ばしにするべきではない。二人になって角を曲がると、僕はすぐに言った。

「どこか話せる場所は、ないですかね」

「話せる場所？」

「はい」

「何か、あるの？」

「ええ。大事なことが。ものすごく大事なことです」

「じゃあ、えーと、公園でもいい？　それとも、カフェとかの方が？」

「公園でいいです。長くはなりませんから」

手短にする話でもないが、そう言った。事実を正確に伝えられればそれでいい。僕の意見だの何だのを付け足すつもりはない。

駅からは少し離れたが、公園は近かった。土曜日の午後ということもあり、人が多くいた。遊具で遊ぶ子どもたちや、それを見守る親たちだ。

ベンチも大方埋まっていたので、そこからは離れ、幹が太い木のわきに立って話をした。むしろその方が話はしやすかった。ちょこちょこ動くことで、久美さんとの距離をうまくとることができる。

前置はせず、一番言いにくいところから始めた。スムーズに口から出るよう、その言葉だけは決めていた。

「絵美が一緒に旅行に出たのは秋山栄人さんでした」

それさえ済ませれば、あとは簡単だ。いや、簡単ではないが、もう続けるしかないという意味で、楽だ。

何ヵ月もかけ、絵美のケータイのロックを解いたこと。事故当日のメールだけが残されていたこと。同行者が8なる人物だと判明したこと。それが誰だか見当もつかなかったこと。だが優平の披露宴で久美さんのお相手の名前を聞いてぴんと来たこと。

だから、大変申し訳ないが、久美さんにそれとなく栄人さんの勤務先を訊いたこと。さらに申し訳ないが、先月こちらから連絡して横浜駅で会ったこと。栄人さんは自分が8だと認めたこと。絵美に誘われたのだと説明したこと。関係はなかったと言っていること。

唯一話さなかったのは、エミリン、だ。それは割愛《かつあい》してもいいだろうと判断した。

さすがに驚きはしたが、久美さんは最後まで冷静に僕の話を聞いた。質問も挟まなかったので、さほど時間はかからなかった。十分か十五分。せいぜいその程度だろう。話した僕自身が拍子抜けした。話し足りないとさえ、感じたぐらいだ。

話を理解しての久美さんの第一声は、こう。

「絵美らしいね」

「え？」とつい言ってしまう。

落ちついた反応に、僕自身がとまどう。久美さんは、もう驚いてはいない。初めの驚きは、話を聞くうちに消化したらしい。

「昔からそう。近くにいた人に、すぐ頼っちゃうの」

近くにいた人に頼る。一番近くにいた僕には、頼らなかったわけだ。

「ほんと、絵美らしい。で、秋山さんらしい。そうやって、きちんと受け止めちゃうあたりが」

え？　とまた言いそうになったが、抑えた。

「秋山さんはそれを、久美さんに言わなかったわけですよね」

「言わないでしょ、普通」

「そうですけど。だから絵美は」

その先は言えない。だから絵美は死んだんですよ。言えない。秋山さんが殺したようなものですよ、と言うのと同じになる。

「絵美が誘ったんでしょ？」

「秋山さんは、そう言ってます」

「ならそうなんだと思う。あの人、そこで嘘はつかない」

「でも、ああなった後でも、久美さんに何も言わなかったんですよね」

「言って、何かいいことがある？」

「それは」

「まあ、自分のために言わなかったというところも、少しはあると思う。でも、わたしのことを考えてくれたのも確かだと思う。秋山さんにしてみれば、自分の胸にしまっておけばいいことだから」

それを僕がこうして話してしまった。そういうことなのか？

察《さっ》したように、久美さんが言う。

「俊英くんが話してくれた理由もわかるわよ。そんな大事なことを知らずにわたしが結婚する。そうなっちゃうもんね」

「ええ」

「だから、言ってくれてよかった。もし後で事実を知ったら、その時は思っちゃうでしょ。秋山さんに肩入れする必要はまったくなかったはずなのに、俊英くんは何で言わなかったんだろうって。それこそ、わたしたちのことはもういいと思ったと、そう判断してたかも」

わたしたちのこと。久美さんと栄人のこと、ではない。高原家のことだ。

「もっと驚けよ、と思った？」

「いえ、それは」

思った。かなり強く思った。

「今の話をね、理解できちゃうのよ。絵美には、何ていうか、ちょっといやなところもあったから」

「いやなとこ」

「誰にでも一つや二つはある、いやなとこ。逆に言えば、その程度のことだけど」

去年八丁堀のファミレスで会った時に内田若菜さんが言っていたことを思いだす。亡くなった人のことをほめた後にけなすという、あれだ。

だが久美さんは絵美の姉、根拠のないことは言わないだろう。身内だから言えることもあるだろう。

「それ、訊いてもいいですか？　どんなことか」

「今さら？」

「というか、今だから」

久美さんは園内を見まわして、何やら考える。言う。

「まず一つは、今言ったみたいに、人に頼っちゃうとこかな。もう一つは、自分が主役でいたがるとこ。その二つが合わさると、こうなっちゃう。あぁ、もう駄目、誰か助けて、になっちゃう」

僕自身にそんな印象はない。仕事でよく助けられていたという若菜さんにも、ないだろう。

「大学のミスコンで、三位になったでしょ？」

「はい」

「絵美はね、意外と、そういうのに振りまわされちゃうのよ」

「振りまわされる」

「そう。その記事が載った冊子みたいなのを、地元の友だちみんなに配ってた。スキャナーで写真をパソコンに取りこんだりもしてたんじゃなかったかな。画像は画像でまた別にあったんだけど。その写真の方が、気に入ってたみたいで」

それは知らなかった。大学でそんなことはしていなかった。三位って何よ、と笑っていただけだ。ミスコンで三位になる。ケータイにも、そんな画像は残していなかった。

が僕が知る絵美とは、少しちがう気もする。地元の友だちに冊子を配る。ありがちなことではある。だ
「両親も喜んだわよ。お母さんはともかく、普段はミスコンなんてバカにしてたお父さんまでもが喜んだ。わたし自身、うれしかったしね。実際、妹がミスコンで三位になっちゃって、なんてちょっと自慢したこともある。だから、まあ、二十代のうちは順調だったと思うのよね、絵美も。で、初めてつまずいたのよ。流産で」

栄人の口からも出た、流産。それが久美さんの口からも出た。いつ出ても胸に刺さる言葉だ。僕の胸にさえ刺さるのだから、絵美の胸は、抉《えぐ》られるかもしれない。

「かなりこたえたと思う。絵美、あれから変わったでしょ？」

「まあ、はい」と言いはしたが。

正直に言えば、よくわからない。傷ついて当然だとは思う。事実、深く傷ついてはいた。だがそれで変わったかと言われると。どうだろう。本当にわからない。

混乱する。多くのことが複雑に絡み合い、ひどく混乱する。僕自身が、木の幹に手をつく。近くにあった木に頼る。

「まだ話すことはある？」と訊かれ、

「いえ」と答える。

「じゃあ、駅に行こうか」

「はい」

公園を出て、歩く。もう絵美や栄人のことは話さない。またそれぞれの仕事のことや、先に控えるゴールデンウィークのことを、ぽつぽつと話す。

新子安《しんこやす》駅から、京浜東北線に乗った。

久美さんは、次の鶴見駅で降りた。

「今日は来てくれてありがとう」と言われた。

話してくれてありがとう、とは言われない。

一人になっても、すぐにあれこれ考えたりはしなかった。混乱は続いている。無理に考えたところで、とても整理できそうにない。致命的なミスをしたのではないか。そんな思いだけが渦巻く。

東京駅で電車を降り、地下に潜って、京葉線に乗った。

どうしようか迷った末に、新浦安駅で降りた。荒井幹恵に会うために、ではない。実家に寄るためにだ。

一つ前の舞浜駅を出たところで思いついた。あ、そうだ、勇さんにもらったウイスキーを父に上げよう、と。僕はウイスキーを飲まない。父はたまに飲む。なら父だろう。勇さんもああ言っていたし。

たとえ飲まないにしても、ウイスキーのボトルを自分のマンションに置いておくのはマズい。そんな思いもある。いつ目が向くかわからない。僕がウイスキーに目覚めたら、本当にマズい。簡単に酔えてしまう。量を飲みたい僕にウイスキーは危険だ。ちょっと両親の顔を見たくもあった。高原家を訪ねたのだから、ついでに北野家も訪ねておこう。そんな気にもなった。弱っているといえば弱っている。それは否定しない。ここ十ヵ月、ずっと弱ってはいるのだ。

駅を出て歩きながら、実家に電話をかけた。母が出た。父はいないと言う。秋葉原の家電量販店に出かけたのだそうだ。目論見《もくろみ》はあっけなく外れたが、渡す物があるから行くよ、と言って電話を切った。

一階のインタホンで到着を告げ、エレベーターで三階へと上る。眺望をまるで期待できない三階。万が一エレベーターが止まったら不便だから、との理由で、両親はその階を選んだ。選択が正しかったことはあの地震で証明されたわけだが、幸いにも、ここのエレベーターはそう長く止まりはしなかったらしい。三階でも、揺れそのものはひどかったようだが。

玄関わきのインタホンのボタンを押すと、母がすぐにドアを開けた。

およそ三秒。あまりに早かったので、言う。

「一応、誰が来たか確認してから開けなよ」

「だって、今話したばかりじゃない」

「でもさ。僕の名をかたった不審者かもしれないよ」

「インタホンの画面でも見たわよ」

「変装してるかもしれない」

「俊英に？」

「そう」

母は苦笑して、言う。

「そこまでするならあきらめるわよ」

靴を脱いで、中に上がる。まずは台所へ。

「これ、お父さんに」と紙袋をテーブルに置く。

「何？」

「ウイスキー。かなりいい物みたいよ」

「どうしたの？」

「高原さんにもらった」

「送ってきたの？」

「行ってきた」

「今日？」

「そう」

「何かあったの？」

「いや。たまには食事でもどうかって言われて」

「あぁ。そう」

「で、くれた。僕が飲まないなら行雄さんにって」

「じゃあ、お礼の電話でもしておいた方がいいかねぇ」

「必要ないと思うよ。初めからお父さんにってことではなかったから」

「でも」

「まあ、任せるけど」

居間に移り、ソファに座る。肘掛《ひじか》けのない、シンプルな白いソファだ。新婚夫婦が新居に置きそうな。

「晩ご飯、食べていく？」

「いや。すぐ帰るよ。お茶一杯だけ、もらえる？」

母がお茶を淹《い》れる間に、住んだことのない実家を見まわす。２ＬＤＫ。居間は広いが、二つの部屋はそう広くない。それでも、夫婦二人なら充分だろう。新婚夫婦とちがい、子どもが生まれたりはしないから、部屋を増やす必要もない。

「高原さん、優平のこと何か言ってた？」と台所から母が言う。

「おめでとうって」

「それだけ？」

「うん」

「気を悪くしてないかしら。あの時期に式をしちゃって」

「事情が事情だし、理解してくれてるよ」

「だといいけど。ウチだけじゃなく、村瀬さんのお気持ちもあるからねぇ」

今は高原家の話も結婚の話も遠慮したい。ということで、言う。

「お父さん、秋葉原に、何しに？」

「カメラを見るんだって」

「カメラ」

「何か、写真を撮ろうと思ったみたいよ」

「趣味として始める、みたいなこと？」

「そう。何も土曜日に行かなくてもいいのにねぇ。混んでるでしょ、きっと」

「写真か。好きだっけ、そんなの」

「好きになろうとしたのよ。身近なものではあるし」

好きになろうとした。まさにそうなのだろう。さすが母。父のことをよくわかっている。

と単純な思考につい流れてから、あらためて、思う。

本当に、そうだろうか。長く一緒にいれば、夫婦はお互いのことを理解するようになるものだろうか。絵美と僕も、そうなっていただろうか。

母が湯呑を二つ持ってきて、同じくシンプルな白いテーブルに置く。そして自身、ソファに座る。おそらくは定位置、僕からは斜《なな》めの位置だ。

熱いお茶を一口飲んで、母に言う。

「ねぇ」

「ん?」

「お父さんが浮気したこと、ある?」

「何よ、いきなり」

「いや、夫婦ってどうなのかなぁ、と思って」

「人によるでしょ」

「まあ、そうだろうね」

母もお茶を飲む。湯呑に見覚えがある。白いソファとテーブルにそぐわない、赤茶けた湯呑。昔からずっと使っている。もう二十年は使っているということだ。割れずに二十年。欠けずに二十年。

「あるわよ」

「え？」

「お父さん、浮気したこと、ある」

「ほんとに？」

「ええ。単身赴任が長かったしね」

いつ頃？と具体的なことまでは訊かない。そこまではいい。知りたくない。

「お母さんはそれを、知ってたわけ？」

「知ってたわね」

「もめた、よね？」

「ちょっとはね」

「全然気づかなかったよ」

「気づかせないわよ、中学生と小学生に」

言ってしまった。時期の推測が、できてしまう。父が名古屋にいた頃だ。静岡ではなく。

「お父さん、その相手とはどうなったわけ？」

「別れた。お母さんにバレてすぐに別れたかどうかは知らないけど、たぶん、長くはなかったでしょ」

「何ていうか、だいじょうぶだったの？　二人は」

「俊英と優平もいたしね。お父さんも、あんたたちを手放そうとは思わないわよ」

「うーん」と唸《うな》り、言う。「そうなのか」

「そうなのよ。聞きたくなかった？」

「いや。僕が訊いたんだし。でも、よく許したね」

「許してはいないわよ。受け入れただけ」

許してはいない。言葉がすんなり入ってくる。収まるべきところに収まる。

お茶を飲む。今日一日で、いろいろな予想が外れる。人にはいろいろな事情がある。知っておいた方がいいものもあるし、知らなくていいものもある。知るべきかどうかは、人同士の関係性によって変わる。

そして人は、知っている情報だけで、充分、振りまわされることができる。


「北野さん、申し訳ないですけど、甲斐《かい》さんのところに同行してもらえませんか？」

と川崎ほのかに言われた。福田常久の後任であり彼女でもある、川崎ほのかにだ。

甲斐さんは、スーパーセンターのバイヤー。スーパーセンターというのは、食料品だけでなく、衣料品や生活用品まで扱う大型店。すべての売場をワンフロアに収め、レジは集中レジ。広い駐車場を備えた、郊外に多い形態《けいたい》の店だ。天井が高く、大抵は屋上も駐車場になっている。

以前は僕の担当地域にある店にいたのだが、甲斐さんは去年、今の店に異動した。ほのかの担当地域、東京の二十三区外、西部にある店だ。メールで知らせてはもらったが、異動してからは会っていない。小売店のバイヤーとメーカーの営業の関係なんて、そんなものだ。

ただ、甲斐さんとは、一度だけ、飲みに行ったことがある。

午後六時過ぎに店を訪れた日。簡単な打ち合わせをしてから、訊かれたのだ。北野くん、この後、何かある？　と。会社に戻る必要もなかったので、いえ、何も、と答えた。今日は車で来てもいないよね？　はい。じゃ、飲みに行こうよ、おれもすぐに出られるから。

ちょっと意外だった。滅多《めった》にないことなのだ。例えばあの島村さんとは、絶対にない。

その時は、駅前の居酒屋に行った。

何か話があるのだろうと思ったが、そんなものはなかった。中々仕事の話にならないので、三十分が過ぎたあたりで、自分から訊いた。何かお話があるんですよね？

ないよ、そんなの、と言われた。ただ飲みたかっただけ。たまにはいいじゃない。あ、でも別におごらせようとか、そういう魂胆《こんたん》じゃないからね。きっちり割り勘にしよう。

特に趣味が合うわけではない。甲斐さんは釣りをするらしいが、僕はしない。同じスポーツが好きなわけでもない。家が近いわけでもない。歳も近くない。甲斐さんは僕より八つ上だ。だが何となく気は合った。ただそれだけ。

実際、その日はきっちり割り勘にした。確か、一円単位まで、した。そうする甲斐さんに、僕は好感を持った。自分が甲斐さんの立場なら、やはりそうするからだ。仕事での関係。基本、飲みには行かないが、行ったら割り勘にする。自分で言ったからには、する。

二軒め行こう、という話も、キャバクラ行こう、という話も出なかった。一軒で大いに食べて飲み、あっさり別れた。それでも、楽しかった。ほんとに飲みたかっただけなんですね、と僕が言い、だからそう言ったじゃん、と甲斐さんが言った。

その甲斐さんがほのかに、そういえば北野くんは元気？　と言ってきたのだという。

ほのかが言いにくそうに僕に明かしたところによると。ほのかはつい正直に、あまり元気じゃないです、と言ってしまったのだそうだ。そして訊かれるままに、僕のことを話した。つまり、僕が事故で妻を失ったことを。

甲斐さんは驚いた。驚いて、言ったらしい。もし近くに来ることがあったら寄るように言ってよ。まあ、担当してないから近くに来ることもないだろうけど。何なら、川崎さんが連れてきてくれてもいいし。

「それで、前回、また言われたんですよ。北野くん、どう？　って。だから北野さん、一緒に行ってもらえませんか？」

話を聞きつけた岸本課長も後押しした。

「北野くん、行ってやってよ。もしかしたら、いい話につながるかもしれないし」

課長命令ならしかたない。同行することにした。

二人ということで、また広い駐車場もあるということで、移動には営業車を使った。運転はほのかがした。僕がするよ、と言ったのだが、わたしがお願いしたので、と遠慮された。僕が同行すること自体、ほのかは望んでいないのだと思う。どんな理由があるにせよ、他の誰々を連れてきてほしいと言われるのは、営業にとって決してうれしいことではない。

助手席に乗った。女性が運転する車の助手席に乗るのは、ほぼ一年ぶりだ。前回の運転手は絵美だった。

絵美は運転があまりうまくなかった。歩行者としては車に気をつけたが、運転手としてはいけなかった。そこは勇さんの娘。どうしても前に進むことに集中しちゃうのよね、と言った。だからこそ、歩く時は気をつけるの。そんな運転手もいることを知ってるから。

ほのかが福田の後任として営業課に来てから、半年が過ぎた。親しくしゃべったことはない。歓迎会の時に言葉を交わしたことがある程度。

これはほのかに限らない。誰とでもそうだ。前から課にいた者とでも、そう。若くして妻を亡くした夫には、皆、話しかけづらいだろう。おそらくは僕自身、話しかけづらい空気を醸《かも》してもいる。その重い空気は、もはや僕の鎧《よろい》となりつつある。

到着までの四十分、仕事以外の話はしなかった。

ホワイトシチューうどんの売上は、まずまずだった。だがそれは冬場の話。暖かくなった今、数字は下がっている。定番とはいかないまでも、今年以降の期間レギュラー商品になれるかどうか。ここからが勝負だ。甲斐さんも、ホワイトシチューうどんの味そのものは気に入ってくれているらしい。自身、一消費者として食べることもあるそうだ。

広い駐車場の隅も隅。ガラ空きのスペースに営業車を駐《と》め、店舗へと向かった。

約束の午後二時ちょうどに、事務所のドアをノックする。

開けてくれたのは、甲斐さんだ。顔に驚きの表情が浮かぶ。

「お、北野くんじゃん。何、来てくれたの？」

「はい。連れてきちゃいました」とほのかが応え、

「久しぶりにご挨拶をと思いまして」と僕が続く。

「何だ。言っといてよ」

「お伝えしてなかったの？」とほのかに言う。

「はい。サプライズでいこうと」

「何のサプライズよ」

「いや、まあ、確かに驚いたよ。さあ、入った」

狭い事務所に入る。店舗も駐車場も広いが、やはりバックヤードの事務所は狭い。それはどこも同じだ。店によっては配管がむき出しだったりもする。点検がしやすいという理由も、あるにはあるようだが。

勧められるまま、隅の応接セットの椅子に座る。島村さんのところにあるのと似た、黒のビニールレザー張りの椅子だ。

「前の店に比べて、こっちは広いでしょ？」と甲斐さんが僕に言う。

「そうですね」

「もろ街なかの店とは、やっぱちがうよね。立地がちがうんだから、変化はつけないと。といっても、どこまでの変化にするか、その線引きが難しいんだけど」

甲斐さんが、コップに入れた冷たいお茶を出してくれる。

「すいません」とほのかが言い、

「いただきます」と僕が言う。

甲斐さんが向かいに座る。僕の向かいではなく、ほのかの向かい。それでいい。今の担当者はほのかだ。

甲斐さんが自分のお茶を一口飲む。僕らも飲む。

「ではさっそく」と甲斐さんが始める。「ホワイトシチューうどん。去年出た時はどうかと思ったけど、結構よかったじゃない。そちら的にはどうなの？　全体としては」

「おかげさまで、よかったです。想像以上」そしてほのかは僕に言う。「ですよね？」

「うん。想定ラインはクリアできたかと思います」

「初めて食べた時は、えっ？　と思うんだよね。でも時間が経つと、もう一度食べてみようか、となる。で、実際にもう一度食べると、ハマるんだろうね。そこを越えられるかどうかだな」

「そうかもしれません」とほのか。

「おれは越えられた。ウチの坊主なんかも、結構ハマってるよ。あれ買ってきてって、カミさんに言うもんね」

「それはうれしいですね」と僕。

「やっぱ若い子だよね。そこを押さえれば、親にも広がる可能性はある。お菓子じゃなくて、カップ麺だから。食事にもなるし」

「ええ」ほのかと僕の声が揃う。

「カップうどんてさ、ラーメンに比べると、どうしてもつゆのヴァリエーションが少ないよね。みそとかしおとかとんこつとかなくて、どうしてもしょうゆっぽいのがベースになる。まあ、みそっぽいのとかしおっぽいのとかも、なくはないけど。ラーメンに比べると弱いし」

「確かに」とほのかが受ける。「だしを微妙に変えたりトッピングを変えたりっていうぐらいに、なっちゃいますもんね」

「こう言っちゃ何だけどさ。カップうどんて、そもそも、うどんではないじゃない。いや、うどんはうどんだけど。初めて食べた時に思わなかった？　これ、うどんか？って」

「思いましたね」と僕が同意する。「実際、別物ですよね。カップ焼きそばが本物の焼きそばとちがうのとはまたちがう意味で、別物」

「そうそう。まあ、焼きそばとかラーメンとかそばとかは、本物に寄せてるじゃない。だけどうどんは、生タイプのやつを除いては、寄せきれない。逆にそれは、無理に寄せなくていいっってことでもあるよね。その分、思いきったことをやれるっていうかさ。その意味で、ホワイトシチューうどんはよかった。大手にしては大冒険。でもそれができるところがお宅の強みだよ。そうやって大手が道を切り拓《ひら》いていかないと、中々難しいとこがあるからね。小さいメーカーが切り拓いてお宅が乗っかっちゃう、というか乗っとっちゃう方が、楽は楽かもしれないけど」

その際《きわ》どい冗談に、ほのかが声を上げて笑う。そこで笑えるあたり、感覚は彼氏の福田に近いのかもしれない。だとすれば、営業としては優秀なはずだ。はずも何も、事実、営業社員としてのほのかの評価は高い。

「ホワイトシチューうどん。商品名としては、長いよね。シチューうどんでよかったような気もするけど」

「初めはそうだったんですよ」と僕が説明する。「企画の段階では」

「あ、そうなの？」

「ええ。蓋やカップに印刷するにしても長いし、広告に載せるにしても長い。だから、シチューうどんに決まりかけたらしいです」

「でも、ひっくり返った？」

「はい。若い社員から意見が出たみたいで。シチューにはビーフシチューもあるから、その商品名ではイメージしづらいんじゃないかと」

「ホワイトを付けることで、イメージは鮮明になりますよね」

「あぁ。なるほど」

「なるね。想像できる。白い方のシチューかって」

「呼び名はシチューうどんと勝手に省略されるだろうから、正式な商品名にはホワイトを残そう、となったらしいです」

「それは、確かにいいかもね。うん。勝手に省略してくれる。そうだよね。実際おれも、品出しのパートさんなんかに指示出す時は、シチューうどんて言うし。それで伝わるし。でもホワイトが頭に残ってはいるもんね」

「その話、わたし、知らなかったです」とほのかが何故かうれしそうに言う。

「それ、営業が言うことじゃないよ」と僕が言い、

「ないない。駄目駄目」と甲斐さんが笑う。

三人揃ってお茶を飲む。冷たいお茶が、うまい。

「でもさすがにあったかくなって、数字は落ちてきた」と甲斐さん。

「はい」とほのか。

「とはいえ、思ったほどでもないんだよね。下げ止まってるというか。だから、逆にここで引かずにもう一勝負かけてもいいかと思ってさ。入れてもらう量を増やしてほしいわけ」

「ほんとですか？」ほのかの声が上ずる。

「うん。ウチだけじゃなく、近辺の何店かで。だいじょうぶだよね？」

「もちろんだいじょうぶです。ありがとうございます」

「いや、まあ、川崎さんはこまめに来てくれるだけじゃなく、パートさんにお菓子を持ってきてくれたりもするからさ。その上、おれがぽろっと言ったことを覚えてて、こうして北野くんを連れてきてもくれたし」

「ほんと、うれしいです」とほのかが言い、

「ありがとうございます」と僕がかぶせる。

「ちょっと待ってて」

甲斐さんが椅子から立ち上がり、事務机のところへ行く。そして僕らに背を向けて引出しを開け閉めし、何やらゴソゴソやる。一分ほどで戻ってきて、また椅子に座る。

「はい、これ」と、僕に向けて何かを差しだす。

のし袋だ。御佛前、と印刷されている。

「遅くなって悪かった。お悔やみを、申し上げますよ」

「あ、いえ、それは」

「受けとってよ」

「あの、お言葉だけで」

「いいから」

「でも」

「出しちゃったもんは、下げられないからさ」

「すいません。じゃあ」と受けとる。

意外だ。一度飲みに行ったことがある。それだけの関係なのに。僕がおごったわけでも何でもない。きっちりした割り勘だったのに。

「みんなにこんなことをするわけではないんだけど。ほら、奥さんだっていうからさ」

受けとっておきながら、言う。

「ただ、子どもがいるわけでもないですし」

「いや、こういうのは、経済的な援助って意味で出すもんでもないでしょ。せめてもの気持ち。心配しないで。一回飲んで消えちゃうような額だから」

「お気遣い、ありがとうございます」

長く出しておくのも何なので、のし袋を上着の内ポケットに収める。

「会社に送ってもいいかと思ったんだけど、それも、何かねぇ。来てくれて、よかったよ」

「すいません。これを頂きに来たみたいになっちゃって」

「いやいや。おれも肩の荷が下りた。なぁんて、正直、さっき北野くんの顔を見るまでは忘れてたんだけど。とにかくさ、いろいろ大変なことはあるけど、がんばろうよ」

がんばってよ、ではなく、がんばろうよ。この人はやはりいい。そう思った。

今後の納品に関する打ち合わせをほのかと甲斐さんが手短に済ませ、訪問は終わった。

ほのかと僕がそれぞれにお礼を述べ、事務所を出る。十五分をかけて売場をひと通り見てまわり、店も出る。

午後三時過ぎ。広い駐車場に、まだ車は少ない。増えだすのは四時半頃からだろう。午前十一時過ぎに一度めのピークが来て、午後五時過ぎに二度めのピークが来る。スーパーの一日はそんなものだ。

ゴールデンウィーク間近。暖かい。陽射しも、やわらかいというよりは、やや強い。風はない。吹きさらしの駐車場だが、吹きさらされない。

営業車に戻る。

「運転、代わろうか?」

「いえ。またわたしが」

ほのかと僕。運転席と助手席に乗る。車内はもわっと暑い。暖かい、を越えている。

「あぁ。すごくうれしいですよ」とほのかが言い、

「うん。うれしいね」と僕も言う。

「北野さんが来てくれて助かりました。ありがとうございます」

「僕は何もしてない。香典《こうでん》をもらっただけだよ」

「あれは驚きました。さすがですね、甲斐さん」

「初めてだよ、こんなの」

「何か、すいません。わたしが話したばっかりに、北野さんにも甲斐さんにも気を使わせちゃいました」

「気を使ったのは甲斐さん。僕は使ってないよ」

ほのかがキーをまわしてエンジンをかけ、車を発進させる。

駐車場から車道に出る。郊外。片側一車線だが、その一車線が広い。

「納品量を増やしてくれるなんて。ボーナスをもらったような気分ですよ。北野さんのおかげです」

「僕が来てなくても増やしてくれてたでしょ、甲斐さん」

「いやぁ。北野さんが駄目押しになりましたよ」

「初めから、見当はついてたんじゃない？」

「何のですか？」

「納品増の。今日はその話になるだろうって」

「まさか。そんな予測、できませんよ」

「駄目な主任に、手柄を分けてくれようとしたとか」

「は？　何ですか、それ」

「例えば福田の差し金で」

「え？」

　おかしなことを言っている、と自分でも思う。想像というか、妄想に近い。話をつくっている。

「福田さんて、わたしの前任のですか？」

「うん」

　沈黙が生まれる。営業車は、ハイブリッド車。ただでさえ静か。沈黙も生まれやすい。

　探るように、ほのかが訊いてくる。

「知って、るんですよね？」

「何を？」

「福田さんとわたしのこと」

「知ってる」

「じゃあ、もっと早く言ってくださいよ。北野さんは知ってるはずだよなって、ずっと思ってたんですから。福田さんに、聞いたんですよね？」

「聞いた。でもそんなことは言われたくないかと思って」

「言われない方が困りますよ」

「困りは、しないでしょ」

「しないですけど。ちょっと不安になりますよ。まったく興味なしかな、とか、嫌われてるのかな、とか」

「悪かった。興味ある、と言うのは変だけど、ないことはないし、嫌ってもいないよ」

「よかった」

「福田。いい奴を彼氏にしたね」

「そう、なんですかね」

「仕事はできるし、人もいい」

「どっちもそう見せないとこが、いいのかもしれないですね」

「かもね」

「北野さん、さっき若い社員がどうのって話をしたじゃないですか。ホワイトシチューうどんの商品名のことで意見が出たって」

「うん」

「甲斐さんは、もしかするとウチは若手が自由にやれる会社だと思ったかもしれないですけど。実際には、そうでもないですよね」

「そう？」

「だと思います。結局、何ら決定権は与えられてないですし。ホワイトシチューうどんの名前だって、正しい意見を言ったその人がたまたま若手だっただけですよ。まあ、大手企業なら、どこもそんなものでしょうけど」

ここでも出た。自由。若手が自由にやれる会社。その自由は、つまらない自由でもなさそうだ。結局は、ないのだが。

「その中で福田さんは、というか福田は、企画課に行って、新商品の提案をしたりしますからね。乗りこんでいくという感じではなくて、ちょっと雑談に行く、みたいな感じで」

「わかるよ。福田ならやれそうだ。やっても違和感がない」

「こないだは、みそ焼きそばを提案したらしいです」

「みそ焼きそば」

「ええ。でもそれだけじゃつまらないので、赤みそ焼きそばに、白みそ焼きそば」

「赤みそはありそうだけど、白みそは斬新《ざんしん》だね。味をうまくできれば、いけるかもしれない」

「そういうのって、話としての聞こえはいいけど、会社員なら、普通、しないですよね。受け入れてくれるわけないと思っちゃうし、越権行為みたいにもなっちゃうから」

「縦の関係も横の関係もかっちりしてるからね、日本の会社は」

「そこをスルスル行っちゃうんですよね、あの人は。それはほんと、すごいです。周りから、あんまりよく思われなそうじゃないですか」

「いい格好しい、と思われそうだよね。でも福田はそうならない。福田だからしかたない、にできる」

「そうなんですよ。何も隠さない感じが、うまく作用してるんですかね。ほとんどの人が、知ってるわけじゃないですか。勝手に産まれた子を、福田が引きとったって。そう考えると、実はしたたかだったりして。いい印象を、仕事に利用してるのかもしれない」

「だとしても、そう感じさせないとこがまたすごいけどね」

「はい」

赤信号で車が停まる。

右から左へ、左から右へと、車が流れだす。フロントガラス越しに、それらを眺める。

思いだす。前回こうして二人で営業車に乗ったのは、岸本課長と。僕が約束をすっぽかし、納品量を減らすと言われた件で、島村さんを訪ねた時だ。あの日は僕が運転し、課長が助手席に座っていた。今は僕が助手席。やはり縦の関係はある。

あの時、僕はどん底にいた。今はどうだろう。少しは浮き上がったろうか。よくわからない。まだどん底にいる気もする。少し浮かんで、また沈んだのか。秋山栄人や久美さんとのあれこれで。

信号が青に変わり、車が走りだす。

「前の彼氏、結婚してたんですよ」とほのかがいきなり言う。「わたし、何と、それを知らなかったんです」

「知らなかった」

「はい。相手は別の会社の人なんですけど。ほんと、自分で驚いちゃいました、気づかなかったことに」

「まあ、本気で隠そうと思えば、隠せるよね。言わなきゃいいだけの話だから」

「でも細かく見れば、いろいろあるじゃないですか。家に呼んでくれないのはおかしいとか、あまり外泊しないのもおかしいとか。わたしがあえて深追いしなかったようなとこも、あるんですけど」

「薄々感じてはいたってこと？」

「感じてたというか、何か問題があるんだとしても解決に向けて動いてくれてはいるんだろうと勝手に期待してたというか。そんなことは、まったくなかったんですけどね。はっきりそうと知った時は、奥さん、二人めの子を妊娠したばかりだったし」

「二人め」

「で、結局その人とは別れて。今度は同じ会社だし、もうそんなことはないだろうと思ったら、子ども。妊娠どころか、もう生まれてる。しかも五歳。びっくりです。長～いドッキリにかけられてるのかと思いました。素人なのに」

「樹里ちゃんだ？」

「ええ。樹里ちゃん」

「かわいいんだってね。というか、画像を見せてもらったことがある。かわいいね」

「そうですね。すごくかわいいです。単に子どもだからかわいいっていうんじゃなく、モノがちがうっていう感じ」

「確かにそうだ。画像を見ただけで、そう思ったよ。川崎さんは、会ってるんだよね？」

「ええ。何度も」

「実際に、かわいいんだ？」

「かわいいですね。実物は画像以上です。親だったら心配になると思いますよ。性格はおれに似て顔は母親に似たんだと、福田が言ってました」

「性格は、福田似なんだ？」

「はい。明るくておもしろい子ですよ。裏表がないっていうか。あそこまでかわいい女の子で裏表がない。ちょっと感心します。これからどうなるのかは、わかりませんけど」

「福田の子は福田、でしょ。蛙《かえる》の子と福田の子は、だいじょうぶじゃないかな」

「だといいです」

「それにしても。よく引きとったよね、福田」

「そう思います」

「引きとらないどころか、会おうともしない男だっているでしょ」

「でしょうね」

「小学三年生に、なったんだよね？」

「はい。この四月で」

「えーと、長野からだっけ。福田のお母さんが世話をしに来てると言ってたけど」

「今も来てます。ただ、回数は減らしていくみたいです。樹里ちゃんも、一人でいろいろできるようになってきたから」

「三年生ならそうか。まあ、最低限のことはできるか」

「怖いですけどね、近くに大人がいないというのは」

「おかしな大人が寄ってきちゃう可能性も、あるもんね」

「ええ。そのあたり、福田も徹底して教えてますよ。声をかけられても反応するな！　それでもかけてきたら走って逃げろ！　追いかけてきたら大声を出せ！」

もしも子どもがいたら。僕も福田と同じように教えただろう。普段からしつこく言っておかないと、助けて！　といきなり大声は出せない。

口に出す言葉は、助けて！　でなければならない。やめてください！　では駄目だ。そんな言葉が聞こえてきても、所詮《しょせん》はよその出来事。人は動かない。助けて！　なら耳に食いつく。動かざるを得ない。そんなことを、絵美と話した。絵美が流産する前に。子どもが生まれたら、そういうことはしっかり教えていこうね、と。

都心に近づき、道が混んでくる。信号も増えてくる。車は、走っては停まり、をくり返す。

「何であれ、福田とも樹里ちゃんとも、うまくやってるわけだ」

「ええ。今のところは」

「セクハラだと思わないでほしいんだけど。いずれは、そんなこともありそうなの？」

「結婚、ですか？」

「まあ」

ほのかは少し考える。右折に備えて右車線に移ってから、言う。

「樹里ちゃん、すごくかわいいんですけど。でもそれだけでずっと仲よくしていけるかとなるとまた別で。わたしも自分の子は産みたいし、産んだら産んだで、その時に樹里ちゃんとうまくやっていけるかっていうのもあって。不安になるようじゃ駄目なのかなぁ、と思ったりもして」

いたらいたで、子どもはそんなふうにも作用する。いいことばかりではない。いや、福田のケースが特殊なだけか。

「正直、自分でもどうなるかわからないです。時間をかけて、気持ちがどっちへ動くか待つしかないのかも。といって、時間、そんなにないんですけどね。樹里ちゃんは人間だから、育っちゃいますし。育っちゃうからには、樹里ちゃんと福田、樹里ちゃんとわたし、福田とわたし、それぞれの関係も変わるでしょうし」

広い心で連れ子を受け入れ、愛《いと》しい相手と結婚する。話としてはきれいだが、簡単にはいかない。

「でも北野さんと話ができてよかったです。これからも、聞いてくださいよ」

「まあ、聞くだけなら」

「聞くだけじゃなく、アドバイスもしてください」

「こっちがしてほしいくらいだよ。何せ、駄目主任だから」

「あ、じゃあ、さっそく一つ。いいですか？」

「何？」

「北野さん、ご自宅にウチのラーメンを箱で送ってるじゃないですか」

「うん」

「あれ、送料会社払いは、バレるとマズいですよ」

「え？ 二箱以上の時は、いいんじゃなかったっけ」

「この四月から変わったんですよ。五箱以上ならオーケー」

「そうなの？」

「はい」

「知らなかった」

「通達メールで来てましたけど」

「見なかった」

「だろうと思いましたよ」

取引先とのやりとりで精一杯。そこまでは気がまわらなかった。どうせ大したものではないだろうと思い、社内メールは開きもしなかった。さすが駄目主任。

「そうか。教えてもらってよかったよ」

「言おうかどうしようか迷いました。知らずにやってるのだとしても失礼になるし。知っててやってるなら、疎《うと》まれるだろうし」

「知ってはいなかったよ。それはほんと」

「わかってますよ」

「主任、代わろうか」

「はい？」

「僕と」

「何ですか、それ」

「課長も、賛成するかもしれない」

「しませんよ」とほのかが笑う。

冗談ととったらしい。

冗談でもないのだが。

忍耐の五月

みつばベイサイドコートB棟八〇八号室。絵美が亡くなってからそこに足を踏み入れたのは、仏壇の配達業者と、入仏《にゅうぶつ》に呼んだ僧侶と、北野家の四人と、高原家の三人。それだけだ。

理也子さんは、優平と結婚することが決まってから、一人、遅れて来た。その時はまだ村瀬理也子として、来た。

北野理也子として来るのは、これが初めてだ。

そう。理也子さんが来た。いきなりだ。

別に線香を上げに来たわけではない。だが来たからには、上げた。まず線香を上げ、それから話を切りだした。

日曜日の午後、スマホに電話が来た。理也子、と画面に出た。優平と結婚したので、登録名から村瀬を外したのだ。

電話に出ると、理也子さんは言った。

「俊英さん、今、おウチですか？」

「うん」

「よかった。今から行っていいですか？」

「今からって、今から？」

「はい。もうみつば駅まで来てるんですよ。日曜のこの時間だからいるだろうと思って」

「体、だいじょうぶなの？」

「はい。少しは運動もした方がいいし」

「優平は？」

「いないです。わたし一人」

「じゃあ、迎えに行くよ」

「だいじょうぶですよ。歩いて、エレベーターに乗るだけだし。もう見えてきました、マンション」

「今日はたままいたけど、日曜が休みじゃないこともあるからさ。出る前に電話してよ」

「そう思ったんですけど。つい勢いで出ちゃって。で、出ちゃったら、電話するタイミングがなくて。とにかく、いてくれてよかった。じゃ、行きますね」

そして、来た。

新浦安の新居マンションからなら大した移動ではないが、それでも、臨月間近の妊婦さんにはこたえるだろう。

結局は一階に下り、エントランスホールの外で理也子さんを迎えた。

「あ、すいません。下りてきてくれなくてよかったのに」

「そういうわけにはいかないよ。電車、座れた？」

「日曜だから座れました。座れなくても、誰かが譲ってくれたと思います。隣に座ってたおばさんも、だいじょうぶ？　って声をかけてくれたし」

「まあ、そのお腹を見ればね」

実際、誰が見ても、もう近いな、とわかる。そのくらい膨らんでいる。張っていると言ってもいい。

エレベーターで八階に上がる。玄関のドアを開けて中に入れ、居間に通す。

「まず先に」と理也子さんが言うので、線香を上げてもらう。

そして、ソファに座らせる。いつも絵美が座っていた位置。テレビの正面だ。

「何か飲む？　といっても、水とインスタントコーヒーしかないけど」

「お水ください」

「ごめん。お茶とか買っとけばよかったよ」

「お茶ならお水がいいです。今はお水が一番おいしい」

グラスに注いだ水を出す。ビールを飲んだ翌朝用とはいえ、ペットボトルの水を買っておいてよかった。冷蔵庫にはそれしか入っていないのだ。缶ビールと水。

理也子さんはその水を、一気に半分ほど飲む。おいしそうに飲む。

「で、どうしたの？」と尋ねる。

「これなんですよ」

理也子さんは自分のスマホに画像を表示させる。そして僕に渡す。

見る。

優平と女性が写っている。女性。絵美だ。

二人は頬《ほお》を寄せ合っている。おかしな意味ではない。画像に一緒に収まるためにだ。優平の方に、微かな遠慮が感じられる。場所は、よくわからない。ディズニーランドとか、そういうところかもしれない。

「ちょっといじっていい？」

「どうぞ」

画像が撮影された日時を見る。今から二年前。絵美が流産してからは一年半が過ぎた頃だ。

「どうしたの？　これ」

「見つけました。優平のスマホを、見たんですよ。無造作に置いてあったから。だから見ていいわけでもないですけど、何ていうか、ちょっとしたイタズラのつもりで。そしたら、見つけちゃいました。見つけて、自分のスマホに送りました」

「じゃあ、優平は、見られたことを？」

「知らないです」

「話さなかったんだ？」

「はい。自分が見たことを、知られたくなかったから」

「僕には、話すの？」

「迷ったんですよ、それも。でもわたしが知ってて俊英さんが知らないのは、フェアじゃない気がして」

「フェア」

「わたしだけ知ってて悩むのは損だとか、そういう意味じゃないですよ。俊英さんに知らせずにいるのはズルいっていうか」

「わかるよ」

「知らせない方がいいかとも思ったんですよ。知らせるのも、絵美さんのことを言いつけるみたいで、それはそれでズルいかなぁって」

「だいじょうぶ。ズルくないよ。どっちもズルくない」

「自分で感じます。今こんな状態なせいか、わたし、やっぱりちょっと不安定なんですよ。普段なら、優平のスマホを見たりなんて、絶対しないのに」

「そうなるのが普通なんだと思うよ。いや、僕もよく知らないけど」

「産む前に、ちょっとでも気になることは片づけておきたいと思って。いいや、行っちゃえ、とも思って。来ちゃいました」

それもわかる。出産は大変なことだ。曇《くも》りや陰りを感じたまま臨《のぞ》みたくはないだろう。

理也子さんが残りの水を飲む。飲み干す。

「もう一杯飲む？」

「お願いします」

スマホを理也子さんに返す。お代わりを注ぎに行き、戻ってくる。グラスをテーブルに置く。

「すいません」

水を一口飲んだ理也子さんに、言う。

「画像は、一つだけ？」

「はい。これ一つでした」

「優平は、それをスマホに入れておいたんでしょ？」

「はい」

「ロックをかけたりも、してなかったんだよね？」

「はい」

「だったらさ、見られて困るものではなかったんだよ。実際に理也子さんに見られるとは思ってなかったろうけど、隠すつもりはなかったはずだよ」

「そうかなぁ」

「どう考えても、そうでしょ」

「不用心だっただけじゃ、ないですか？」

「ちがうね」と断言する。「見られて困るなら、男は隠そうとするよ。例えば僕だってロックをかけてる。いや、別に見られて困るものがあるわけじゃないし、見られて困る相手もいないんだけど、それでもかけてるよ。見られて困るものがある男なら、まちがいなく、かけるね。それをせずに無造作に置いてあったってことは、見られてもいいと思ってたってことだよ。そこは安心していい。まず優平は、そんなことをする奴じゃないよ」

そんなこと。兄の妻の浮気相手になること。

幸いにも、それは僕自身、疑わない。絵美のことはよく知らなかった僕も、優平のことは知っている。優平は、そんなことしない。ただし。遊びに行こうと誘われたら、断れない。そのくらいはする。その点においては、秋山栄人と同じだ。人そのものはまるでちがうが。

一度だけ、二人で遊びに出かけたのかもしれない。そこで写真を撮ろうと絵美が言い、一枚だけ撮ったのだ。僕はそういうものを消してしまうが、優平はきちんと残しておく。残しておける。

どう言えばいいだろう。そういうものをきちんと残しておけるスペースが、スマホの中にではなく、優平という人間の中にある。僕にはない度量が優平にはある、と言うこともできる。人として余裕がある、と言い換えることもできる。

一度は遊びに行った。だが二度めはなかったと思う。絵美が誘ったとしても、優平は断ったはずだ。そんなふうには、流されない。高校時代の三者面談で、担任教師からの大学進学の勧めをきっぱり断ったように、そこでも断ったろう。きっぱりと、だがやわらかく。

「優平が誘うわけないから、絵美が誘ったんだと思うよ。この頃は、ほら、絵美は流産した後で、何ていうか、それこそちょっと不安定だったから。優平も、断らずに付き合ったんだ。それを理也子さんに言わなかったのは、変に不安にさせたくなかったからでしょ。兄の奥さんと二人で出かけたと聞いたら、彼女としては、やっぱりいやだもんね。この後も何かあったってことは、絶対にないよ。もしあれば、いくら何でも僕が気づく」

それはわからない。ぼんくらな兄は気づかなかったかもしれない。現に、気づけなかった栄人の事例もある。だが優平と絵美におかしなことはなかったと確信できる。

「ほんとにそう思えます？」

「思えるよ。そうとしか思えない。兄だから贔屓目《ひいきめ》に見てるわけでもないよ。これはほんとにね。だからこの話を聞かされても、僕はちっとも不安にならない」

絵美が誘ったことは、もう否定できない。否定しない。久美さんの言葉通り。頼れるところに、絵美は頼ったのだ。夫の弟、優しい男、優平に。

理也子さんがグラスの水を飲む。ふうっと息を吐く。グラスをテーブルに置き、言う。

「安心しました。わざわざここまで来て、よかった」

「電話をくれれば、こっちから行ったのに」

「呼び出せませんよ。その前に電話であれこれ説明しなきゃいけないし。でも画像までは見せられないし」

「さすがに、送るのはちょっとね」

「ええ」

本当に安心したのかはわからない。だが来ずにはいられなかったのだからしかたがない。来る前よりはましになったろう。なっていると思いたい。

流産という言葉を聞いて、理也子さんは驚かなかった。やはり優平が話していたのだろう。

僕自身、これ以上は触れない。絵美のためにではない。理也子さんのためにだ。受験生に対して落ちるがよくないのと同じ。妊婦さんに対して流産は、よくない。

「じゃあ、もう帰ります」

「いや、もうちょっと休んでからにしなよ」

「でも、優平が帰ってきちゃうし」

「そうか。日曜も仕事だ」

「はい。優平より後に帰って、みつばに行ってきたって言ったら、わたしこそ俊英さんと何をしてたのかと思われちゃう」

「思わないでしょ。というか、言わなきゃいいよ、ここに来たことを」

「俊英さんも、このことを、優平に言わないでくれます？」

「言わないよ。理也子さんがその方がいいなら、言わない。それで優平が困るわけでもないし」

「すいません。絵美さんにもあらぬ疑いをかけちゃって」

「いや、いいよ」

あらぬ疑いという言葉は、ちょっとこたえる。あらぬ疑いでは済まされないことが、もうすでにあるのだ。理也子さんに明かすことではないが。

そして思い当たる。今のこの状況はまさに久美さんが経験したものであることに。経験させたのは、僕だ。あなたの彼氏こそが僕の妻と旅行に出た相手なのですよ、と僕は久美さんに告げた。微かに義務感を伴う親切心からだ。

同じことが、僕自身に起きている。あなたの妻こそがわたしの夫と遊びに出た相手なのですよ、と理也子さんは僕に告げたのだ。やはり義務感を伴う親切心から。優平と絵美におかしなことはなかったと僕は確信した。あぁ、そうなのだ、と今思う。久美さんも、栄人と絵美におかしなことはなかったと確信したのだろう。確信できたのだろう。

それもまた、ちょっとこたえる。栄人と優平を同列に見たくない。久美さんと自分も同列に見たくない。見なくても、いいはずだ。

「お邪魔しました」と理也子さんが立ち上がる。妊婦さんらしく、よっこらしょという感じに。

「ほんとにもう行く？」

「はい」

「新浦安まで送るよ、車で」

「いえ。だいじょうぶです」

「遠慮しなくていいよ」

「遠慮じゃなくて。車はちょっと」

「ん？」

「そもそも苦手なんですよ、車。その上こうだから、何か気持ち悪くなりそうで」

「じゃあ、電車でついていくのでもいいけど」

「そこまではいいですよ」

「なら、せめてみつば駅まで」

「それはお願いします」

そう言って、理也子さんが笑う。

この部屋で、久しぶりに人が笑う。

妊婦さんの笑顔はいい。

その笑顔が出産の日まで、そしてその後まで続けばいい。

電車内で女性がメイクをすることについては、あれこれ言われている。見たくない、と言う男性がいる。見苦しい、と言う女性がいる。気にならない、と言う男性もいる。自分がよければ問題ない、と言う女性もいる。

僕自身はどうかと言えば。見たくはないが、気にもならない。そんなところか。ただし。やるからには、ジロジロ見られてもしかたがない、というくらいの覚悟はほしい。非常識なこととまでは言わないが、非日常的なことをしているから見られているのだ、というくらいの自覚はほしい。

日曜午後の下り電車。正面に座る女性が、まさにそのメイクをしている。二十代半ば。前半とも後半とも言えないから、半ば。ほぼすっぴんのところから、始めた。すっぴんふうメイクをしていたわけではないだろう。だったら、そのままでいればいいわけだから。

自分の真正面にいる一人の人間。そこから視線を逸《そ》らしつづけるのは大変なので、無理はせず、見るでもなく見ていた。女性の背後の窓に焦点を合わせるなどして。

電車。横並びの、端の席に座っている。そのためか、何となく、荒井幹恵のことを思いだした。去年の九月に、仕事帰りの京葉線の車内で幹恵に声をかけられた時のことをだ。

あの時こそ、僕はどん底にいた。沈んで、沈んで、沈みきっていた。すでにどん底なのに、そこからさらにヌプヌプと沈みこんでいきそうな気配があった。

口を開くのが億劫で、ロクに話もしなかった。失礼な奴。幹恵はそう感じたと思う。沈みきった僕自身、そう感じたくらいだから。といって、今ここにまた幹恵が現れたら、同じことにならないとも言いきれないが。

あの時は、高校時代のことを思いだすのも苦痛だった。何かを思いだすために頭を働かせることが、もう苦痛だった。今は思いだす。

高校生の時、幹恵を他の男子ととり合う形になった。他の男子。同学年。確か、名はサカマキ。坂巻と酒巻。どちらだったかは覚えてない。

そのサカマキと幹恵と僕。いわゆる三角関係になったわけではない。僕が付き合いかけていた幹恵に、そうと知りながら、サカマキが声をかけてきたのだ。

驚いた。率直に言えば、何だ、こいつ、と思った。気味が悪い、とさえ思った。そんなに幹恵のことが好きなのか。それとも、恋愛に関する争いごとが好きなのか。いずれにせよ、厄介《やっかい》だ。テレビのドラマでも見て満足してほしかった。どうしても実践したいなら、せめてよそでやってほしかった。

そして僕はどうしたか。

引いた。具体的には、何もしなかった。幹恵はおれと付き合うんだからどっか行けよ、とサカマキには言わなかったし、好きな方を選べよ、と幹恵にも言わなかった。そういうこと自体がいやだった。そんな茶番に巻きこまれること自体がいやだった。

結果、幹恵はサカマキと付き合った。

これにはあまり驚かなかった。さほどショックでもなかった。二人から見れば、僕は敗者だろう。だが僕自身に言わせれば。つまらない立場に身を置かなかったという意味で、僕は勝者だった。そう捉えてしまうのが、僕だ。まちがってはいないと今でも思う。正しくもないだけだ。

特に目立つ感じはないし、特に女好きな感じもない。それでも何故か切れ目なく彼女がいる。そんな男がよくいる。サカマキがそのタイプだ。

サカマキと秋山栄人の印象が、少し重なる。彼らは、一歩踏みこむのだ。

絵美との時は、幸い、サカマキに該当する人物は現れなかった。だから僕は無事に絵美と結婚した。該当する人物が、結婚後に現れることまでは予想できずに。

目を閉じる。今一度、思いだす。

あの時、京葉線の車内で幹恵が隣に座り、僕らは話をした。

僕は自分が結婚していることを告げた。正しくは、結婚していたことを告げた。対して幹恵は、まだ結婚していないと言った。しないと決めてるわけではないが機会がなかったと。あいつとはどうなった？　と訊きそうになったが、サカマキの名字すら思いだせなかったので、訊かなかった。

今度飲みに行こうよ。と幹恵は僕に言った。二人で、とは言わなかったが、共通の知り合いの話などが出てはいなかったから、二人でという意味だとわかった。幹恵も、僕がわかっていることをわかっていた。

まあ、今度ね。と返した。

絶対行かないでしょ。と幹恵は笑った。笑ってはいたが、不満げでもあった。

それが少し意外だった。僕が行くと言っていれば、幹恵は行くのだ。そう思った。

絵美はすでに亡くなり、僕は独り者に戻っていたが、そこまで説明してはいなかった。幹恵が僕を妻帯者と認識していたことはまちがいない。

だが幹恵は高校時代の友人、というか知り合いだ。だから二人で飲みに行ってもおかしくはない。と思うこともできるのだな。そうも思った。

そんなふうに始まることも、あるのだろう。つまり、明確なヴィジョンもなく始まってしまうことも。さあ、始めよう、ではない。気づいた時にはもう始まっていた、だ。

絵美と栄人も、あるいはそうだったのかもしれない。絵美にしてみれば、栄人は姉の知り合い、いわば身内だ。まさに頼れる身内。頼っていい身内。だから一緒に出かけてもおかしくはない。二人で旅行に出てもおかしくはない。おかしいが、おかしくない。

何かが起こる。起こらない。その分岐点はおそらく大げさなものではない。始まりの話と同じ。少なくとも。さあ、ここが分岐点ですよ、あなたはどちらへ進むか選ばなければいけませんよ、と親切に促されたりはしない。そこが分岐点であることに気づきさえしない場合もあるだろう。通り過ぎてから気づく場合もあるだろう。

ただ、やはり。結果として僕らが選んでいることは事実だ。何かが明確なヴィジョンもなく始まったとしても。その時僕らは、明確なヴィジョンもなく始めてしまうことを選んでいる。絵美も、選んだのだ。優平に頼ることを。そして栄人に頼ることを。栄人の言葉を借りれば、僕に見放されて。

絵美は選んだ。選ばせたのは、僕かもしれない。わからない。本当に、わからない。誰かが悪かったのか。誰も悪くなかったのか。タクシーの運転手一人のせいにしておけばいいのか。僕が責任を感じればいいのか。

閉じていた目を、さらに固く閉じる。そして、開ける。

正面の席には、さっきとちがう女性が座っていた。

のではない。

さっきの女性の、顔だけが変わっていた。メイクを終えたのだ。

感心した。

何見てんのよ、という目で睨《にら》まれた。

あなたを見てるんじゃないですよ、と言いたくなった。あなたが起こした、我々男性にとっては非日常的な奇跡を見てるんですよ。ある種詐欺《さぎ》行為とも言える、奇跡を。

鶴見駅で電車を降り、改札を通って外に出た。

鶴見駅。そう。久美さんのアパートの最寄駅だ。

スマホの地図を見て、小学校を目指した。校名は、サークルのホームページに出ていた。どんなにゆっくり歩いても、二十分はかからないはずだ。三十分前、午後四時半には着けるだろう。

ゴールデンウィークも終わり、いよいよ暖かくなった。長袖のシャツ一枚で充分。日によっては半袖でも過ごせそうなほどだ。

駅から離れると、すぐに住宅地になる。道なりに歩く。みつばのような埋立の住宅地とちがい、整然と区画されてはいないが、迷うことはなさそうだ。スマホに替えてよかった、と地図を見ながら思う。

そのスマホからは、何度か栄人に電話をかけていた。何度かではない。何度もだ。

また会いましょう。会って話しましょう。

そのたびに、断られた。

忙しい。時間がない。

じき本音が出た。

もう話したろ。今さら話すことはないよ。

栄人はそうなのだと思う。僕に言うべきことは言ったのだ。お前は妻に何もしてやらなかった。ロクでもない夫だ。と。

反論はしない。できない。

だが。僕自身、言うべきことは言っておかなければならない。あの時はカプチーノをごちそうさま。以外にも。

一度も迷わずに小学校に着く。

ごく普通の小学校だ。門扉が少しだけ開かれている。フルオープンではない。用がある人だけ、つまり今ならバドミントンをやる人だけ入ってきてくださいよ、それ以外の人は入ってこないでくださいよ、という感じ。

最近の小学校はどこもそうだ。閉じられるところはすべて閉じる。こうしたハード面でも、ソフト面でも。例えばクラスに連絡網がないというのは本当だろうか。クラスメイトがどこに住んでいるかを児童が知らないというのは本当だろうか。

門を閉ざされたところで、本気で入ろうとする人間は入るよな、と思いつつ入り、わきの体育館へと向かう。

初めて来た小学校なのに、どこか懐かしい感じがする。小学校そのものが懐かしいのだろう。校門。校舎。校庭。中学や高校に比べると、すべてが小ぶりだ。所々に植えられている木々までもが小ぶりに見える。

体育館の出入口の扉は閉められていたので、門扉の前へと引き返した。敷地外。そこで待つのが一番だろう。

五分ほどして。二十代後半らしき男性がやってきた。正面左手にある校舎に入り、すぐに出てきて、体育館へと向かう。カギを受けとっていたようだ。

そして待ち人が現れた。ジーンズにカジュアルなジャケット。肩に掛けたスポーツバッグからはラケットのグリップが出ている。カギ当番の次。さすがは会長だ。早めに来るよう心がけているのかもしれない。

門扉のわきにいた僕に気づき、足を止める。天を仰ぎ、下を向く。舌打ちする。うんざりしていることを隠さない。

およそ二メートル。微妙な距離を置いて、向かい合う。

「何なんだよ」と栄人が言う。「こういうの、やめてくれよ」

「やりたくはないですよ、こっちも」と応える。「秋山さん自身には興味ないから」

「何がしたいんだよ」

「話がしたいだけですよ」

「これから練習なんだよ」

「時間はとらせません」

「じゃ、二分で済ませてくれよ。いや、一分で」

そんな約束はしない。聞き流す。

ふっと息を吐き、すっと吸う。そして、吐き出す。言葉を。

「あの事故はあくまでも結果です。秋山さんのせいだとは言いませんよ。秋山さんが僕をどう見ようと、それも自由ですよ。頼りない奴。それでいいです。でもね。絵美はやっぱり、僕の妻だったんですよ。　過去形でそう言わなきゃいけないのは、ものすごくきついことなんですよ。そのくらいは想像できると言いたいでしょうけど。できないですよ。想像と実際はちがいますよ。想像するだけで心が抉られたりは、しないですよ」

そこまで言って、口を閉じる。言おうと決めていたことではない。口を開いたら、そうなった。本当に、一分で済んでしまった。

栄人を見る。目をじっと見る。こうするために来た。そう思った。だから電話では駄目だった。会う必要があったのだ。狭いカフェで横に並ぶのでなく、向き合う必要があったのだ。

栄人が先に目を逸らす。

「わかったよ。そう言えばいいのか？」

「言わなくていいですよ。反応には期待してませんから。じゃあ、これで」

「え？」

「帰ります。バドミントンの邪魔をしに来たわけではないので」

そこへ今度は二十代前半らしき女性がやってくる。バッグからはやはりラケットのグリップが出ている。

「こんにちは〜」と声をかけてくる。

「ちわ〜」と栄人が返す。

女性は門扉から入り、体育館へと向かう。チラリとこちらを見る。僕を見たのだろう。知ってる人かなと。

「じゃあ、行きますよ」と栄人に言い、実際に行きかける。

「なあ、ちょっと」と呼び止められる。

「はい？」

「せっかく来たんだからやってけば」

「何をですか？」

「バドミントン」

冗談かと思った。笑えない。笑わない。

「僕が、バドミントンをやっていくんですか？　秋山さんと」

「ああ。これで帰るのも、何だし」

「何、ですかね」

「あれっ」と背後から声が聞こえた。

振り向く。

久美さんだ。髪をひっつめて後ろで結んでいる。おそらくは、すっぴん。京浜東北線の車内で二十代の女性が見せたあの奇跡、それが起こる前の状態。肩にトートバッグを掛けている。ラケットは手で持っている。フレームの部分だけが、丸いカバーで覆われている。

「やっぱり。俊英くん」

「どうも」

「どうして?」

「秋山さんとちょっと。もう帰ります」とだけ言う。

こうなる可能性もあるとは思っていた。練習は午後五時からなのだから、皆、大体このぐらいに来るだろう。可能性があるも何も、ここでこうしていれば必ず会うのだ。久美さんが休むのでない限り。まあ、そうなったらなったでしかたないとも思っていた。久美さんの前で栄人と話すことになったとしても、それはそれでしかたないと。

「今、一緒にやってけばと言ってたとこなんだ」と栄人が部分的に説明する。「せっかく来たんだからって」

久美さんは驚きながらも、余計なことは訊かずに言う。

「それがいい。そうしなよ」

「でも」

「全員が同時にプレーするわけじゃないから、ラケットは休憩中の人のを借りられるし。ハーフパンツも、替えを持ってきてる誰かに貸してもらえるんじゃないかな」

「聞いたけど」と栄人が続く。「やってたんだろ？　昔」

「やってたというほどでは。中学の週一のクラブで、何度かやったことがあるだけです」

「まあ、バドミントンを一度もやったことがない人も、いないよな」

「ウチの課長、やったことないってよ」と久美さん。

「女性なら、そういう人もいるか」

「そっちの課長じゃなく、もう一人の課長。男性」

「へぇ。男でそれは珍しいな。というか、何、課長、二人いるの？」

「名目上というか、役職上。男性の方は担当課長。女性はわたしの直接の上司。広報課長」

「まどろっこしいな、それも。だから大企業はいやだよね。ウチもそうだけど」

久美さんが来たことで、空気が少し変わった。よかったと、栄人は思っているだろう。口調でそれがわかる。久美さん自身はどうか。不穏なものは感じたはずだ。少なくとも、僕をこのまま帰すのはよくないと思った。だから引き止めたのだろう。

「プレーはしなくていいから」と久美さんが言う。「せめて見学ぐらいはしていって」

それは、断れなかった。日曜日のこの時刻に自ら来ておいて、用がありますから、でもない。ここでの拒絶はかなり強いものになる。久美さんとの会話そのものを拒む感じになる。

「じゃあ、見るだけ」

ということで。

二人に続いて小学校に、そして体育館に入っていく。

靴を脱ぎ、壁面の靴入れに収める。スリッパを履くよう言われ、いえ、このままで、と返す。小学校の備品であまり清潔そうではないからか、久美さんも無理に勧めてはこない。

中扉を開けて、木の床に足を踏み入れる。

体育館特有の匂いがした。床に塗られたニスに人の汗が混じったような匂いだ。匂いではなく臭い、と感じる人もいるだろう。これまた特有の、床だか壁だかが微かにミシミシいう音も聞こえる。耳が慣れてしまい、すぐに聞こえなくなるあの音だ。

更衣室で着替えを済ませた久美さんと栄人が、先に来ていた男女二人とコート二面にネットを張る。僕は壁際に立ち、それを眺める。

久美さんは、タイトなTシャツにスパッツにスカート。すっぴんが服装に合っている。これで顔にあの奇跡が起きていたら、むしろ不自然だろう。高原家で会う時とは印象がちがう。すっぴんだからと言うべきか、すっぴんなのにと言うべきか、若々しく見える。大げさではなく、二十代に見える。前半とまでは言わないが、後半には見える。

久美さん同様、栄人の印象もちがう。横浜駅のカフェで会った時や、ついさっき話した時の、あのきつさはない。こちらが普段の姿なのだろう。青のポロシャツに紺のハーフパンツ。本物のバドミントン選手に見える。といっても、本物のバドミントンの男子選手を、僕は一人として知らないが。

そして午後五時になる。集まったのは十人強。思いのほか少ない。

「秋山さん、そろそろ始めます？」と、二十代後半らしき男性が言う。

「うん。準備運動しちゃって」と栄人が応える。「はい。じゃあ、みんなもスタートね」

館内にそれらの声が響く。広いだけに、反響の仕方も独特だ。

「俊英くんは、座って見てて」

久美さんに言われるまま、その場に座る。いわゆる体育座りだ。

各自が準備運動を済ませ、コートでのプレーが始まる。あちらでは、二対二のダブルス。こちらでは、久美さんと栄人が一対一でシャトルを打ち合う。

ウォーミングアップ程度の動き。それを見ただけでわかる。やはり経験者。うまい。かなりうまい。

ラケットでシャトルを打つパスッという音のキレがいい。上がったシャトルが落ちてくるのをゆっくり待って、素早く打つ。体のキレもいい。躍動感がある。みつば中央公園で僕と絵美がやっていたお遊びバドミントンとはわけがちがう。

打ち合いは、徐々に熱を帯びる。パスッという音も、より鋭くなっていく。息遣いも荒くなり、時折、「うっ！」という声も出る。「あぁっ！」というミスを嘆《なげ》く声も出るし、「よしっ！」という自らを称《たた》える声も出る。

すぐに一人ずつが久美さんの側と栄人の側に加わり、こちらのコートもダブルスになる。

四人ともうまい。シャトルが簡単には床に落ちない。ラリーが続く。続かせようとしている感じもある。ある程度続いたところで、どちらかが攻撃を仕掛け、スマッシュを打つ。試合ではないので、暗黙の了解があるようだ。少し続けてから打ち合いましょう、という。

あらためて体育館を見まわし、きちんと数えてみる。

今日来ている愛好会のメンバーは十二人。男女比はちょうど半々。六人ずつ。見た感じ、二十代、三十代が多い。四十代とおぼしき男性も一人いる。前の会長が引退したのもわかる。五十代でこれはきついだろう。

コート二面でダブルスをやるから、休むのは四人。必ずしもダブルスというわけではなく、それぞれの疲労度合で、シングルスにもなる。適当に相手を替えてやっていく。そんな具合。それでも、二時間あれば、一人一人が満足するまでプレーできるはずだ。

栄人は、ペアを組む相手にも打ち合う相手にも、あれこれ声をかける。何なら隣のコートの人たちにもかける。そして、笑い合う。

見る限り、愛好会の誰からも慕《した》われているようだ。男女を問わず、皆が栄人に話しかける。久美さんが言っていたような、押しつけられた会長という感じはない。そのあたりには、久美さんなりの謙遜《けんそん》も含まれていたのかもしれない。

開始から四十分ほどが過ぎたところで、照明が点けられた。まだ外は暗くないが、点けなければ館内は暗いのだ。

そろそろかな、と思う。せっかく来たんだからやってけば、と言われ、辞退する。せめて見学ぐらいはしていって、と言われ、承諾する。で、見学した。そろそろだろう。

　立ち上がる。特に汚れてもいないチノパンの尻を両手で払う。

　コートの栄人が言う。

「北野くん、やっぱりちょっとやろう」

「はい？」

　北野くん。初めて栄人にそう呼ばれた。これまでは、君とか、そんなだった。だが久美さんと同じ、俊英くん、ではない。北野くん。近くはない。

　愛好会の何人かが僕を見ている。栄人もしくは久美さんが連れてきた見学者だと思っているのだろう。もちろん、僕らの関係は知らない。

「やっていって。ちょっとだけ」と久美さんも言う。

「誰か、ハーフパンツの替え、持ってないかな？」と栄人が周りに問いかける。

「いえ、それは」と遮るように言う。流れで続けてしまう。「いいです、このままで」

　まだ断れる、と思う。帰ります、と言ってしまえばいいのだ。もう来ることもないのだし。

　栄人だって、そう思っているだろう。どうせこいつは断るよ、何もしない奴なんだよ、と。ただ帰すのも何だから、一応、誘ってみただけなのだ。会長として、会員たちの前で。

ここで引いてしまうのか？　わざわざ栄人に会いに来て。言いたいことをわずか一分で言って。それで満足して。サカマキが声をかけてきたことで幹恵からも引いてしまった時のように、後で自分が勝者だと思うのか？

「ラケットだけ、貸してもらえますか？」と言う。

「うん」と久美さんが受ける。「いきなりだと危ないから、準備運動はやってね」

靴下だと滑りそうなので、脱いで裸足になる。その場で屈伸《くっしん》や伸脚《しんきゃく》をする。手首や足首を回し、アキレス腱《けん》を伸ばす。上は長袖のTシャツだが、下はごく普通のチノパン。ストレッチ素材ではない。動きづらい。だが、いい。

何せ、素人だ。ここ数年、ラケットを手にしていない。絵美の事故からは、体をまったく動かしていない。歩くのも億劫になり、駅の階段で転んだりしている。ラケットにシャトルが当たるかわからない。ラケットをスムーズに振れるかさえわからない。だが、いい。

「これ使って」と、久美さんにラケットを渡される。

軽い。週一のクラブでは各自ラケットを持ってくることになっていたため、当時で二千円ぐらいの物を買った。それでもそこそこ本格的で、うわ、軽いな、と思った。あの時のそれよりも、さらに軽い。軽いが、つくりは強固だ。ガットもぴんと張られている。床に落としたくらいではびくともしないだろう。壁に投げつけても、壊れないかもしれない。

「僕が入ったら、邪魔になりそうですよ」と久美さんに言う。

「そんなことないって。まずはわたしと組もう。秋山さんは一人。それでちょうどいい感じかも」

「いやぁ。不公平でしょ」と栄人が笑う。

二対一。打ちはじめた。

久美さんがサーブを入れる。栄人がシャトルを下から打ち、僕に返してくる。

まずは僕も下から打つ。当てられた。どうにかネットを越え、栄人に返すことができた。

栄人は、久美さんと僕が交互に打てるように返してくる。久美さんには普通に。僕には弱めに。

その何度めかを、上から打ってみた。下から打った時のようにシャトルは上がってしまったが、それでもどうにか当てられた。

だが次の時は、ライナー性のスマッシュを打とうと力み、空振りした。シャトルが落ちてくるのを待ちきれず、早めにラケットを振ってしまったのだ。

シャトルが床に落ちる。ポトリ。ポトリというシンプルな音がした。バレーボールやテニスとはちがう、静かな音。ポトリ。下手をすれば聞こえない。だが試合が決まる最後の一点が入る時も、やはりその音だ。「あぁっ！」とつい声が出る。素人なのに、出る。本当はもっとやれるんですよ、と言わんばかりの声が。

落ちたシャトルをいつまでも見ていたくない。すぐに拾う。

「すいません」と久美さんに言い、

「謝んないでよ」と言われる。

「最初に一回だけ。何度もやっちゃうと思うんで」

「了解」

僕のサーブでプレーは再開する。正しいサーブではない。ただ打つだけ。正式にはどの位置からサーブを打つのか、そんなことも知らない。

栄人が打ち返してくる。久美さんも打ち返す。僕も打ち返す。

空振りを、何度もやっちゃいはしない。だが何度かはやってしまう。一々謝らない。「あぁっ！」や「うわっ！」という声は出してしまう。何だよ！　や、くそっ！とは言わないよう気をつける。汚い言葉だから、というだけでなく。栄人にも向けたものと拡大解釈をされては困るから。いや、困りはしないが、望ましくもないから。

十分プレーするだけで、息が上がった。汗もかなりかいた。

「どう？　久しぶりのバドミントンは」と久美さんに訊かれる。

「いやぁ、きついです」と正直に答える。「駄目ですね。足がついていかない。早くも疲れました」

「毎週やって習慣にすれば、心地いい疲れになるわよ」

「でしょうね」

栄人がコートのわきで休んでいた女性に言う。

「ハヅキちゃん、彼と組んでもらっていいかな」

「はい」

そのハヅキさんが僕の側に来て、久美さんが栄人の側にまわる。

「よろしくお願いします」とハヅキさんが僕に言う。

「こちらこそお願いします。ほぼ初心者なので、迷惑をかけたらすいません」

ネットの向こうから、栄人が言う。

「ハヅキちゃんは元国体選手だからさ、チームのバランスはいいと思うよ。むしろこっちが弱いくらいかな。だから、試合ではないけど、ちょっと真剣にいくよ」

それでスイッチが入った。素人なのに、入った。何のかはわからない。何かのスイッチだ。

チームのバランスはいい。むしろこっちが弱いくらい。ちょっと真剣にいく。やはりこの男は苦手だな、と思った。はっきり思ってしまった。スーパーでカートを片づけなかった勇さんに対しても、思ってしまったように。

　久美さん栄人組とハヅキさん僕組の、ダブルスが始まる。

　ハヅキさんはおそらく二十代後半、本当にうまかった。全力でプレーしてはいないのだろうが、どこにも隙がない。すべてのショットが正確で、体のキレもすごい。腕や足、筋肉の伸縮の一つ一つに見とれてしまいそうになる。パスッという音のキレもちがう。久美さんと栄人のそれもすごいと思ったが、その遥《はる》か上を行く。力を込めているようには見えないのに、音に力がある。そして毎回、同じ音を出せる。

　久美さんも栄人も、ハヅキさんに対しては全力で打つ。ハヅキさんは難なく返す。僕寄りに来たものでも、返せそうになければ拾ってくれる。ラリーを続けることを優先してくれる。僕はほとんどお豆状態。なるべくハヅキさんの足手まといにならないようにする。

　時折、激しいラリーに疲れた栄人が、ポイント狙いで、僕にスマッシュを打ってくる。

　七割はあっけなく決められてしまう。拾えなかったり、拾えてもネットに掛けたりする。ネットの下をシャトルが通ることもある。無様だ。

　ドンマイドンマイ、とハヅキさんは言ってくれる。うまい人は下手な者のミスなど気にしないのだ。しかたないことだが、余計無様に感じる。

プレーは続く。あまりシャトルが来ないので、そんなには疲れない。が、攻められるだけなのがこたえる。

両サイドに来たショットには対応できる。だがこうしたラケット競技は、正面に来たものこそが打ちにくい。現にそこを突かれる。体を狙われる。一つは肩に当たり、一つは腿に当たり、一つは頭に当たる。

本当に体を狙っているわけではないだろう。こちらも動いている。狙って当てられるものでもない。ハヅキさんならわからないが、おそらく久美さんや栄人にそこまでの技術はない。それでも、相手は成人男性。的自体は大きい。

シャトルが当たっても、痛くはない。初速こそすごいが、当たる時にはもう速度は落ちている。ポスッだの、ピタッだの、間の抜けた音がするくらいで、痛みというほどのものはない。頭でもそうだ。コツッという音がするだけ。目に直撃したら危険かもしれないが、それさえ気をつけていれば問題はないだろう。

ただ。ちょっとした屈辱感は残る。素人でも、残る。

また腿に当たる。ピタッ。

脛《すね》にも当たる。カスッ。

何故だろう。罰を受けている感じがある。僕自身が、勝手にそう感じる。罰を受けることを、受け入れてもいる。

体が動く。感情も動く。

罰を受けるのはしかたがない。だが罰を受けるだけでいいわけがない。僕は秋山栄人にも罰を受けさせなければならない。絵美のため、そして何よりもまず自分のために、それをしなければならない。

シャトルを打つ。打ち返す。ハヅキさんに遠慮はせず、自分で打てるものは打ちにいく。拾えるものは拾いにいく。拾えるものもある。ネットに掛けてしまうものもある。ネットの下を通ってしまうものもある。拾えず、ポトリと落ちてしまうものもある。ハヅキさんに謝る。ドンマイ、と言われる。その言葉も受け入れる。ドント・マインド。気にしない。

栄人を狙う。久美さんも狙う。正面を狙う。的として、体も狙う。所詮は素人。狙いきれない。だが狙う。打つ。空振りする。ドンマイ。また打つ。

ライナー性のスマッシュも、少しは打てるようになる。返される。狙われる。腹にさえ当てられる。ポテッ。音は間抜けだが、痛くはない。止瀉薬を飲むような時の方が、腹は痛い。

栄人が笑っている。笑いながら、打ってくる。門扉の外で話した時に比べて、余裕が感じられる。北野俊英を笑っている。他県からノコノコ出てきて、ボコボコに打たれる。チノパンに裸足で、コートをヒタヒタと駆けまわる。その程度の男だと笑っている。

笑わずに打ち返す。

打ち返して体勢を崩したところに、またスマッシュを打たれる。

シャトルが左胸に当たる。トクッという音が、鼓動とも重なる。鼓動そのものに聞こえる。鼓動がある。生きている。

「ふざけんな！」

気づいた時には、もう声が出ている。自分が出したとは思えない、大声だ。怒声と言ってもいい。

休んでいた人たちがこちらを見る。

あちらのコートの人たちも、プレーを止めて、こちらを見る。

ネットの向こうの栄人と久美さんも、動きを止めて、僕を見る。

すぐ横のハヅキさんも、きょとんとした顔で、僕を見る。

怯《おび》えた顔でなくてよかった。そう思いながら、シャトルを拾う。

「今のは自分にです」とハヅキさんに言う。栄人と久美さんにも届く大きさの声で。

すぐにサーブを打ち、プレーに戻る。

打つ。打つ。打つ。

たまにはポイントもとれる。五点とられる間に一点はとれる。その程度。だがとれる。僕にポイントをとられるのは悔しいだろう。素人は素人なりに、上級者を悔しがらせることができる。罰は与えられないまでも、抵抗することはできる。つまらない自由を与えないことはできる。

「じゃあ、次の一点。これを最後にしよう」と栄人が言う。

あんたが決めるなよ、と思うが、言わない。

代わりにハヅキさんが言ってくれる。全然疲れてなさそうに。

「は〜い」

腰を屈《かが》めて構えながら、絵美のことを考える。

それで初めて、絵美のことを忘れていたと気づく。シャトルに集中していた。頭が空っぽになっていた。忘れていたことに驚く。焦る。

味方のハヅキさんにも聞こえないくらいの小声で言う。

「絵美絵美絵美」

忘れていた。だが忘れ去りはしない。忘れる。だが忘れない。

久美さんがサーブを打つ。

ハヅキさんが打ち返す。

栄人が拾う。

シャトルはふわりと上がり、僕のところへ落ちてくる。

最後が空振りでもいい。渾身《こんしん》の力を込めて、ラケットを上から振る。ヒットする。パシッとネットに当たる。当たり、その向こう側へとシャトルは落ちる。ポトリ。試合ではない。試合ではないが、最後のポイントは僕らに入る。秋山栄人と高原久美さんペアに、ではない。北野俊英とハヅキさんペアに、だ。

「はい、終了」とあっさり栄人が言う。

体の力を抜く。抜こうとするまでもない。抜ける。どっと疲れが出る。久美さんが言っていた、心地いい疲れ。それとは程遠い。

久美さんと僕がコートを出る。栄人とハヅキさんは、まだ続けるらしい。

「これ、ありがとうございました」とラケットを久美さんに返す。

「俊英くん、整理運動はしっかりやった方がいいよ。それって、準備運動より大事だから」

「はい。やったとしても、明日は地獄でしょうね。筋肉痛で、のたうちまわると思います」

二枚あるからと久美さんが貸してくれたタオルで汗を拭き、整理運動をする。そして靴下を履く。

まだ午後六時過ぎ。プレーしたのは、たかだか三十分だ。とはいえ。まさかプレーするとは。久美さんとならまだしも、栄人とバドミントンをするとは。

「お邪魔しました。帰ります」と僕が言い、

「そこまで送る」と久美さんが言う。

「道はわかりますよ」

「だろうけど。ちょっとその辺まで」

新たなペアを組んでハヅキさんと打ち合っている栄人に声をかける。

「じゃあ、これで」

時間をつくるためか、栄人はシャトルを下から高く打ち上げて、言う。

「ああ。お疲れ」

ラリーは止めない。栄人らしいな、と思う。らしいと思う程度には栄人のことを知ってしまったのだな、とも思う。

体育館を出て、小学校も出る。

久美さんと二人、歩く。久美さんはスパッツにスカートのままだ。

夜とまではいかない。だが空は暗くなりかけている。

小学校を離れると、すぐに久美さんは言う。

「わたしね、結婚をやめるつもりはない」

「あぁ。そうですか」

「彼の言う通り、絵美が誘ったんだと思う。そうだと確信できる」

絵美が優平を誘ったと僕が確信できる。それと同じだ。

「俊英くんには理解できないことかもしれないけど。その誘いを断らなかった彼を、わたしはむしろ評価してる。結果はああなった。それは残念。ものすごく残念。でもそれは彼のせいではない。絵美のことでは、彼もショックを受けてる。状況を考えれば、俊英くんやわたしより受けてるかもしれない。いえ、旦那さんの俊英くんよりなんて言っちゃいけないけど」

状況。彼女の妹と旅行に出る約束をした。自分は遅れて合流することになっていた。彼女の妹が乗ったタクシーが崖から転落した。自分は生き残った。まったくの無傷だった。という、状況。

「ああ見えて、彼も苦しんでる。見せないけど、苦しんでる。そのことは、俊英くんにもわかってほしい」

わかりました、とは言わない。言えない。代わりに言う。

「優平たちみたいになったわけでは、ないんですよね？」

「どういうこと？」

「子どもができたわけでは、ないんですよね？」

「あぁ。ちがうわね。そういうことではない。もしそうなら、あんなに激しくプレーしないわよ」

「そうか。そうですね」そしてこう尋ねる。「もう、お義父さんとお義母さんは知ってるんですか？」

「ええ。彼がウチに入ることも決まってる」

「え？」

「高原栄人になるの」

「そうなんですか」

「そう。彼も決心してくれた。長男ではないこともあって」

つまり、そういうことだ。僕は理解する。理解し、納得する。

高原勇さんと基子さん。栄人との相性はよさそうだ。おそらく、僕へのそれよりもずっといい印象を、栄人には持っているだろう。

だからこそ、二人は僕に自由を与えたのかもしれない。悪く言えば、僕のことはどうでもよかったのだ。タクシー会社の責任を積極的に問おうともしない次女の夫よりは長女の夫。高原家を守ってくれるのは、この長女の夫。そう考えても不思議はない。

実際、タクシー会社への対応は、ほぼすべて勇さんがやっている。自分は定年退職して時間があり、俊英くんは仕事で時間がないから、というのが表向きの理由だが、結局、任せてはおけなかったのだろう。

補償額は、まだ確定していない。ちょっとやそっとの額では妥協《だきょう》しないと、勇さん自身が言っているからだ。

栄人が高原家に入る。高原栄人になる。今思えば。僕も絵美との結婚前に、勇さんにそれとなく言われたことがある。俊英くんが高原になるのは無理だよねぇ、と。内心驚いたが、ただ笑ってごまかした。

雑談の中で出た話。質問ですらなかった。勇さんは僕の反応を見ていたのだろう。もし僕が北野家の長男でなかったら、もう少し踏みこんだ言い方をしていたのかもしれない。

栄人が高原家に入ることが決まったから、勇さんは四月に僕を呼び、あんなことを言ったのだ。俊英くんは自由だと。ありがたい言葉だとさえ感じていたが、やっと真意がわかった。自由の名のもとに、僕は追放されたわけだ。

「彼が絵美と二人で旅行に出てたとしても」と久美さんは続ける。「そのことを両親には言わないつもり。混乱させるといけないから」

だから俊英くんも言わないでほしい、ということだろう。もしくは、言うな、ということだろう。

言うつもりはない。それは、北野家の僕がすることではない。今のこれは単なる念押し。僕が言わないことは、久美さんもわかっている。久美さんはやはり僕以上に、絵美や栄人のことを理解している。そしておそらく僕のことは、すでに見切っている。

「ご結婚、おめでとうございます」と祝福する。「ただ、式と披露宴への出席は、できないと思います」

久美さんは何も言わない。妹の絵美よりはいくらか吊り上がった強い目で、並んで歩く僕を見るだけだ。

栄人にも言ったことを、久美さんにも言う。過去形で。

「絵美は僕の妻だったんですよ」

その声は、自分でも驚くほど乾いている。バドミントンで汗をかききった僕の喉から絞り出された声がそれだ。悪くない。無様に震えるよりはずっといい。

声は乾いているのに。鼻の奥にツンときた痛みが、水滴となって頬を伝う。

慌てて手で拭ったが。見られたかもしれない。

まあ、隠すことでもない。

その後、十字路で久美さんと別れ、鶴見駅から京浜東北線に乗った。

東京駅で、京葉線に乗り換える。

地下深くへと下りていく長いエスカレーター。その右寄りを歩く。

そう。歩く。快速電車に乗ろうと思っている。時間がないわけではない。だが歩く。どうにか僕も、下りのエスカレーターで立ち止まらないくらいにはなっている。明日はまちがいなく壮絶な筋肉痛に見舞われる。今のうちに少し、前に進んでおくのもいい。

長いエスカレーターを降り、今度はホームへと続く階段を下りる。上りならともかく下りだぞ、転ぶなよ。そう自戒《じかい》する。

去年の十二月に駅の上り階段で転んだことを思いだす。芋《いも》づる式に、小四の頃に同じく駅の上り階段で転んだことまで思いだす。

あの時にできた左眉の辺りの傷を、左手の指で撫《な》でる。目立つものではない。傷があるね、と人に指摘されることもない。

ただ、接近した人ならわかる。例えば唇《くちびる》と唇を接触させるために接近した人なら。

絵美もわかった。

初めてセックスをした時、絵美は、すでにあることを知っていたその傷を撫でた。そして、舐《な》めた。いきなりだったので、恥ずかしながら、ゾクッとした。

絵美のお腹にも、盲腸の傷があった。かなり下。右下腹の辺りだ。中学生の時に手術をしたらしい。その頃にはもう切らないのが主流になっていたが、絵美がかかった医師は切ることを勧めたのだそうだ。

僕の額の傷を舐めた後、絵美は言った。

「わたしのこの傷は舐めないでね。傷を舐め合うのは、ちょっとよくないから」

冗談だった。セックスの時に冗談を言う女性を新鮮に感じた。

後で聞いたところでは。傷が残るなんて言わなかったじゃないか。と、勇さんは手術をした医師に怒ったらしい。お父さんは傷を見てないんだけどね、と絵美は言っていた。中学生の女子が父親にそんなとこ見せるわけないじゃない。お姉ちゃんなら見せてたかもしれないけど、わたしは見せない。

北野絵美。

僕は彼女を愛していたと思う。

進退の六月

「乾杯なんかしちゃってよかったの？」と荒井幹恵が言い、

「一年は過ぎたからね」と僕が言う。

その乾杯をしてからは、もう四時間が過ぎている。

金曜日の夜。午前〇時三十三分東京発京葉線の、車内。去年の九月にたまたま幹恵と乗り合わせた最終快速ではない。文字通りの、最終電車。便宜的に金曜と言ったが、厳密には土曜になっている。

飲んできたのだ。幹恵と。昼に僕が誘って。

考えてみれば、人と店で酒を飲んだのは久しぶりだ。内田若菜さんとファミレスでビールを飲んで以来かもしれない。

最終電車を逃すわけにはいかないので、二軒めのバーを早めに出て、銀座から東京駅まで歩いた。おかげで、どうにか座ることもできた。幹恵が七人掛けの座席の端、僕がその隣だ。

発車を告げる音楽が鳴り、ドアが閉まる。が、開く。駆けこみ乗車をした者がいたらしい。あらためて、閉まる。その音が、初めの音よりは荒っぽく聞こえる。

電車が動きだす。最終を逃したくはないだろうとの温情か、駆けこみ乗車を非難する車内アナウンスは流れない。

金曜ということもあり、混んでいる。僕の前にも幹恵の前にも人がいる。ただ、朝とはちがい、隙間はどうにかある。向かいの窓も見える。

やや潜めた声で、幹恵が言う。

「大変だったね。というか、まだ大変か」

「大変なのが当たり前になったよ。ということは、もう大変じゃないのかもしれない」

一軒めの居酒屋と二軒めのバーで、絵美のことをすべて幹恵に話した。絵美のこと。それには、栄人《なぐさ》や久美さんのことも含まれる。

幹恵は、僕を慰めたり励ましたりするようなことは言わなかった。離婚よりつらい終わり方もあるんだね、とだけ言った。幹恵のそういうところが好きだったのだな、と、高校時代を少し思いだした。

そもそも、幹恵とそんな話をするつもりではなかった。昼に電話をかけた時点では、今日飲みに行くつもりですらなかったのだ。

総合スーパーの島村さんを訪ねた後、栄人に電話をかけたあのこぢんまりした公園で休んでいる時に、幹恵に電話をかけることを思いついた。出なければそれでいいとの軽い気持ちで、実際にかけた。出てくれた。

今度飲みに行こうよ、と言った。いつ？と訊かれた。おれは明日休みだから、今日は？と思いつきで言ってみた。わたしも明日は休みだから、いいよ、と言われた。あっけなかった。

幹恵が勤める会社は四谷にある。帰りは東京駅で中央線から京葉線に乗り換える。ということで、東京駅の八重洲南口改札で待ち合わせをし、八重洲の居酒屋に行った。ごく普通の居酒屋だ。僕の会社からも近い。社員の誰かと出くわして、幹恵と二人でいるところを見られてもおかしくない。

そうなったとしても、それはそれでよかった。おそらくは僕自身が本社から去る日も近いので。

六月に入ってすぐ、会社に異動願を出した。部署だけでなく、転勤を伴う異動を希望した。

場所はどこでもいいです、と岸本課長に言った。細かいことを言えば。寒いところよりは暖かいところの方がいい。関西地方なら中国地方がいい。九州なら四国がいい。遠くてもいいが近県でもいい。きりがないので、言わなかった。所詮は会社員。

言う権利もない。下手なことを言って、人事の印象を悪くしたくもない。

おいおい、やけを起こしたわけじゃないだろうな。と、課長には言われた。

そういうわけではない。大きく見ればやけを起こしてはいるが、課長が言う意味で起こしたわけではない。両親のことは、とりあえず優平と理也子さんに任せておけばいいだろう。二人もそのつもりでいるはずだ。

大企業だからか、ウチの人事の動きは早い。順当なら、来年の四月には何とかなるだろう。早ければ、今年の十月。本当に早ければ、七月。来月。

僕が異動願を出したことは、課の全員が知っている。課長が洩《も》らしたわけではない。自分で言った。じき動くから、と。

おととい、社食でたまたま川崎ほのかと一緒になった。一月に福田もそうしたように、ほのかも僕の隣に座った。そしてその福田と別れたことを告げた。

驚いた。どうにかなるだろう。最後はうまくいくだろう。勝手にそう思っていたのだ。

「樹里ちゃんを、叱《しか》ったんですよ。わがままを言って、福田を困らせてたから。といっても、別に大したことではなかったんですけど。お姉ちゃん、嫌い、と言われました。子どもならよくあることですよね、そんなの。でも、ふと樹里ちゃんと見つめ合った時に、思っちゃったんですよ。わたしも樹里ちゃん、嫌い。思ったというか、感じちゃったんですね。やっぱりわたしには無理でした。樹里ちゃんが母親に似てるとか似てないとかじゃ、ないんですよ。福田のことは、今だって好きなんですよ。でも残念ながらわたし、そんなに心が広くないです。樹里ちゃんを自分の子には、できないです」

自分さえ我慢すれば、あとはすべてがうまくいく。無駄な我慢でないことも、理屈としてわかる。わかっているのに、その我慢ができない。そういうことも、ある。

ほのかは本当に福田が好きなのだと思う。例えば二人が三十代で出会っていたら、またちがったかもしれない。ちがわなかったかもしれないが、ちがっていたかもしれない。言っても始まらない。たらればに意味はない。タクシーは転落したし、二人は二十代で出会った。福田とほのか。それぞれに、うまくいってほしい。

タクシーの転落事故からは、ついに一年が過ぎた。

絵美の一周忌は、命日の前日、先の日曜に済ませた。

厳かに、そしてあっけなく、法要は終わった。高原家の人たちと北野家の者たちが表面上、和やかではあった。久美さんと栄人の結婚の話も出た。披露宴は明日土曜。いや、すでに今日だ。北野家からは、優平だけが出席することになっている。

披露宴会場に限らない。優平は、どこにいても落ちつかないだろう。どこで何をしていても駄目だろう。明日ということはないようだが、この一週間以内に、子どもが生まれるはずだから。

優平と理也子さんの子。女の子。僕の姪《めい》。

無事に生まれてきてほしい、と思う。

目を閉じて、願う。力を貸してよ、絵美。

時間にしておよそ十秒。長すぎたのかもしれない。

「眠くなった？」と横から幹恵に言われる。

「いや」と返事をし、目を開ける。「この程度のアルコールで眠くはならないよ」

「そうだよね。一日五本も六本も、缶ビールを飲んでたんだもんね」

「アルコール度数は低いやつをね」

「そのあたりが、何ていうか、北野くんらしい。高校生の頃からそうだったよね。慎重なのか軽率なのか、わかんないの。慎重に見えることは見えるんだけど、よく考えると、そうでもない」

電車が地下から外に出る。窓から見える闇の質が変わる。それぞれに明度が異なる光の点があちこちに浮かび、動く。そうなることで、闇に奥行きが出る。

「わたしたちが高校を出た二年後に、北野くんは奥さんと知り合うんだね」

「そうなるね。ゼミで出会ったから」

会話はその先へは進まない。だからどうだという流れには、ならない。

そういうことに何か意味がある？　好きな人にそんなことを言われたいと思う？

とかつて絵美は言った。すべての妊娠のうちの十五パーセントは流産するらしいだの、一度流産したから妊娠しにくくなるってことはないらしいだのと、僕が言った時にだ。

言葉の刺々しさに圧倒され、そこに気が向かなかった。

そう。あんな時でも、絵美は僕を好きな人と言ってくれたのだ。結婚相手、でも、夫、でもなく。

八重洲の居酒屋でも銀座のバーでも尋ねなかったことを、僕は幹恵に尋ねる。

「あのあと、どうなったの？　サカマキと」

「どうってほどのことは、ないよ」

バカげた質問を重ねる。

「サカマキって、坂？　それとも、酒？」

「何？」

「漢字」

「あぁ。えーと、どっちだろう。坂だったような気がするけど。はっきりとは覚えてない」

「付き合ってたのに？」

「付き合うとこまでいってないよ。しかたなく、何度かデートしただけ。北野くんが逃げちゃったから」

「おれ、逃げた？」

「逃げたでしょ」

「逃げたというよりは、引いたつもりだったんだけど」

「そう。それ。引いたの、まさに北野くんらしく。だから、ちょっと意外だったよ。こうやって飲みに誘ってくれて」

幹恵の言う通り。僕は、慎重に見えて軽率だ。異動願は出してしまった。もう取り下げられない。まあ、取り下げるつもりもない。カップ麺をつくる会社に勤める男と電気ケトルをつくる会社に勤める女の話は合うことがわかった。今はそれでいい。何なら、異動先でバドミントンを始めるのもいい。社内でサークルを立ち上げるのもいい。自分が初代会長となり、気に入らない相手にスマッシュを打ちまくるのだ。

そんなことを考え、笑う。絵美の事故以来、初めて。

「次は新浦安です」と車内アナウンスの声が言う。

女声。若々しい。だが落ちついている。いい声だ。いつも同じ人であるように聞こえる。声そのものがというよりは話し方が、少しだけ絵美と似ているようにも感じる。

いや、感じていたはずが。

今日はそうでもない。

本書は二〇一六年二月に小社より単行本として刊行されました。

この物語はフィクションです。登場人物、団体等は実在のものとは一切関係ありません。

|著者|小野寺史宜　1968年千葉県生まれ。2006年「裏へ走り蹴り込め」で第86回オール讀物新人賞を受賞し、デビュー。'08年『ROCKER』で第3回ポプラ社小説大賞優秀賞を受賞。著書に『ひりつく夜の音』（新潮社）、『本日も教官なり』（KADOKAWA）、『ライフ』『ナオタの星』「みつばの郵便屋さん」シリーズ（ポプラ社）、『その愛の程度』を一作目とする『近いはずの人』（本書）『それ自体が奇跡』の夫婦三部作、『縁《ゆかり》』（いずれも講談社）などがある。'19年『ひと』（祥伝社）で本屋大賞2位。最新作に『まち』（祥伝社）。

近《ちか》いはずの人《ひと》
小野寺史宜《おのでらふみのり》

講談社文庫
定価はカバーに
表示してあります

2020年1月15日第1刷発行
2020年2月20日第2刷発行

発行者――渡瀬昌彦
発行所――株式会社　講談社
東京都文京区音羽2-12-21　〒112-8001
電話　出版（03）5395-3510
　　　販売（03）5395-5817
　　　業務（03）5395-3615
Printed in Japan

デザイン―菊地信義
本文データ制作―講談社デジタル製作
印刷――――豊国印刷株式会社
製本――――株式会社国宝社

ISBN978-4-06-518105-8

講談社文庫刊行の辞

二十一世紀の到来を目睫に望みながら、われわれはいま、人類史上かつて例を見ない巨大な転換期をむかえようとしている。

世界も、日本も、激動の予兆に対する期待とおののきを内に蔵して、未知の時代に歩み入ろうとしている。このときにあたり、創業の人野間清治の「ナショナル・エデュケイター」への志を現代に甦らせようと意図して、われわれはここに古今の文芸作品はいうまでもなく、ひろく人文・社会・自然の諸科学から東西の名著を網羅する、新しい綜合文庫の発刊を決意した。

激動の転換期はまた断絶の時代である。われわれは戦後二十五年間の出版文化のありかたへの深い反省をこめて、この断絶の時代にあえて人間的な持続を求めようとする。いたずらに浮薄な商業主義のあだ花を追い求めることなく、長期にわたって良書に生命をあたえようとつとめるところにしか、今後の出版文化の真の繁栄はあり得ないと信じるからである。

同時にわれわれはこの綜合文庫の刊行を通じて、人文・社会・自然の諸科学が、結局人間の学にほかならないことを立証しようと願っている。かつて知識とは、「汝自身を知る」ことにつきていた。現代社会の瑣末な情報の氾濫のなかから、力強い知識の源泉を掘り起し、技術文明のただなかに、生きた人間の姿を復活させること。それこそわれわれの切なる希求である。

われわれは権威に盲従せず、俗流に媚びることなく、渾然一体となって日本の「草の根」をかたちづくる若く新しい世代の人々に、心をこめてこの新しい綜合文庫をおくり届けたい。それは知識の泉であるとともに感受性のふるさとであり、もっとも有機的に組織され、社会に開かれた万人のための大学をめざしている。大方の支援と協力を衷心より切望してやまない。

一九七一年七月

野間省一

講談社文庫　目録

講談社文庫　目録

川瀬七緒　フォークロアの鍵
かわぐちかいじ 藤井哲夫 原作　僕はビートルズ 1
かわぐちかいじ 藤井哲夫 原作　僕はビートルズ 2
かわぐちかいじ 藤井哲夫 原作　僕はビートルズ 3
かわぐちかいじ 藤井哲夫 原作　僕はビートルズ 4
かわぐちかいじ 藤井哲夫 原作　僕はビートルズ 5
かわぐちかいじ 藤井哲夫 原作　僕はビートルズ 6
風野真知雄　隠密 味見方同心(一)〈くじらの姿焼き騒動〉
風野真知雄　隠密 味見方同心(二)〈干し卵不思議味〉
風野真知雄　隠密 味見方同心(三)〈幸せの小福餅〉
風野真知雄　隠密 味見方同心(四)〈恐怖の流しそうめん〉
風野真知雄　隠密 味見方同心(五)〈フグの毒鍋〉
風野真知雄　隠密 味見方同心(六)〈鵺《ぬえ》の闇鍋〉
風野真知雄　隠密 味見方同心(七)〈絵巻寿司〉
風野真知雄　隠密 味見方同心(八)〈ふふふの麩〉
風野真知雄　隠密 味見方同心(九)〈殿さま漬け〉
風野真知雄　昭和探偵 1
風野真知雄　昭和探偵 2
風野真知雄　昭和探偵 3

風野真知雄　昭和探偵 4
カレー沢 薫　負ける技術
カレー沢 薫　もっと負ける技術〈カレー沢薫の日常と退廃〉
カレー沢 薫　非リア王
下野《かばた》康史　ポルシェより、フェラーリより、ロードバイクが好き〈熱狂と悦楽の自転車ライフ〉
野崎雅人　戦国BASARA3〈真田幸村の章／猿飛佐助の章〉
佐々原史緒
矢野隆　戦国BASARA3〈伊達政宗の章／片倉小十郎の章〉
映島巡
タタツシンイチ　戦国BASARA3〈長曾我部元親の章／毛利元就の章〉
鏡征爾
タタツシンイチ　戦国BASARA3〈徳川家康の章／石田三成の章〉
梶よう子
風森章羽《しょう》　渦巻く回廊の鎮魂曲《レクイエム》〈霊媒探偵アーネスト〉
風森章羽　清らかな煉獄〈霊媒探偵アーネスト〉
加藤千恵　こぼれ落ちて季節は
神田茜　しょっぱい夕陽
神林長平　だれの息子でもない
神楽坂淳　うちの旦那が甘ちゃんで
神楽坂淳　うちの旦那が甘ちゃんで 2
神楽坂淳　うちの旦那が甘ちゃんで 3
神楽坂淳　うちの旦那が甘ちゃんで 4
神楽坂淳　うちの旦那が甘ちゃんで 5

神楽坂淳　うちの旦那が甘ちゃんで 6
加藤元浩　捕まえたもん勝ち！〈七夕菊乃の捜査報告書〉
梶永正史　銃の啼《な》き声〈潔癖刑事・田島慎吾〉
金田一春彦 安西愛子 編　日本の唱歌 全三冊
岸本英夫　死を見つめる心〈ガンとたたかった十年間〉
北方謙三　君に訣別の時を
北方謙三　われらが時の輝き
北方謙三　夜の終り
北方謙三　帰路
北方謙三　錆びた浮標《ブイ》
北方謙三　汚名の広場
北方謙三　夜の眼
北方謙三　試みの地平線〈伝説復活編〉
北方謙三　煤煙
北方謙三　旅のいろ
北方謙三　新装版 活路(上)(下)
北方謙三　新装版 余燼(上)(下)
北方謙三　抱影
菊地秀行　魔界医師メフィスト〈怪屋敷〉

菊地秀行 吸血鬼ドラキュラ
北原亞以子 深川澪通り木戸番小屋
北原亞以子 新地橋〈深川澪通り木戸番小屋〉
北原亞以子 夜の明けるまで〈深川澪通り木戸番小屋〉
北原亞以子 澪つくし〈深川澪通り木戸番小屋〉
北原亞以子 たからもの〈深川澪通り木戸番小屋〉
北原亞以子 降りしきる
北原亞以子 贋作天保六花撰《うそばっかりえどのはなし》
北原亞以子 花冷え
北原亞以子 歳三からの伝言
北原亞以子 お茶をのみながら
北原亞以子 その夜の雪
北原亞以子 江戸風狂伝
桐野夏生 新装版 顔に降りかかる雨
桐野夏生 新装版 天使に見捨てられた夜
桐野夏生 新装版 ローズガーデン
桐野夏生 OUT(上)(下)
桐野夏生 ダーク(上)(下)
桐野夏生 猿の見る夢

京極夏彦 文庫版 姑獲鳥《うぶめ》の夏
京極夏彦 文庫版 魍魎《もうりょう》の匣《はこ》
京極夏彦 文庫版 狂骨《きょうこつ》の夢《ゆめ》
京極夏彦 文庫版 鉄鼠《てっそ》の檻《おり》
京極夏彦 文庫版 絡新婦《じょろうぐも》の理《ことわり》
京極夏彦 文庫版 塗仏《ぬりぼとけ》の宴《うたげ》—宴の支度
京極夏彦 文庫版 塗仏の宴—宴の始末
京極夏彦 文庫版 百鬼夜行—陰
京極夏彦 文庫版 百器徒然袋—雨
京極夏彦 文庫版 百器徒然袋—風
京極夏彦 文庫版 今昔続百鬼—雲
京極夏彦 文庫版 陰摩羅鬼《おんもらき》の瑕《きず》
京極夏彦 文庫版 邪魅《じゃみ》の雫
京極夏彦 文庫版 死ねばいいのに
京極夏彦 文庫版 ルー=ガルー〈忌避すべき狼〉
京極夏彦 文庫版 ルー=ガルー2〈インクブス×スクブス 相容れぬ夢魔〉
京極夏彦 分冊文庫版 姑獲鳥《うぶめ》の夏(上)(下)
京極夏彦 分冊文庫版 魍魎《もうりょう》の匣《はこ》(上)(中)(下)
京極夏彦 分冊文庫版 狂骨《きょうこつ》の夢《ゆめ》(上)(中)(下)

京極夏彦 分冊文庫版 鉄鼠《てっそ》の檻《おり》全四巻
京極夏彦 分冊文庫版 絡新婦《じょろうぐも》の理《ことわり》(一)(二)
京極夏彦 分冊文庫版 絡新婦《じょろうぐも》の理《ことわり》(三)(四)
京極夏彦 分冊文庫版 塗仏《ぬりぼとけ》の宴《うたげ》 宴の支度《したく》(上)(中)(下)
京極夏彦 分冊文庫版 塗仏《ぬりぼとけ》の宴《うたげ》 宴の始末《しまつ》(上)(中)(下)
京極夏彦 分冊文庫版 陰摩羅鬼《おんもらき》の瑕《きず》(上)(中)(下)
京極夏彦 分冊文庫版 邪魅《じゃみ》の雫(上)(中)(下)
京極夏彦 分冊文庫版 ルー=ガルー〈忌避すべき狼〉(上)(下)
京極夏彦 分冊文庫版 ルー=ガルー2〈インクブス×スクブス 相容れぬ夢魔〉(上)(下)
京極夏彦・原作 志水アキ・漫画 コミック版 姑獲鳥《うぶめ》の夏(上)(下)
京極夏彦・原作 志水アキ・漫画 コミック版 魍魎《もうりょう》の匣《はこ》(上)(下)
京極夏彦・原作 志水アキ・漫画 コミック版 狂骨の夢(上)(下)
北森鴻 狐罠
北森鴻 花の下にて春死なむ
北森鴻 香菜里屋《カナリヤ》を知っていますか
北森鴻 親不孝通りラプソディー
北村薫 盤上の敵
北村薫 紙魚家崩壊〈九つの謎〉
北村薫 野球の国のアリス

佐高　信　石原莞爾その虚飾
佐高　信　わたしを変えた百冊の本
佐高　信　新装版　逆命利君
さだまさし　遙かなるクリスマス
佐藤雅美　影帳　半次捕物控
佐藤雅美　揚羽の蝶(上)(下)〈半次捕物控〉
佐藤雅美　命みょうが〈半次捕物控〉
佐藤雅美　疑惑〈半次捕物控〉
佐藤雅美　泣く子と小三郎〈半次捕物控〉
佐藤雅美　髻《もとどり》塚《づか》不《ふ》首尾《しゅび》一件始末《いっけんしまつ》〈半次捕物控〉
佐藤雅美　天才絵師と幻の生首〈半次捕物控〉
佐藤雅美　御当家七代お祟り申す〈半次捕物控〉
佐藤雅美　一石二鳥の敵討ち〈半次捕物控〉
佐藤雅美　恵比寿屋喜兵衛手控え
佐藤雅美　物書同心居眠り紋蔵
佐藤雅美　隼小僧異聞〈物書同心居眠り紋蔵〉
佐藤雅美　密約〈物書同心居眠り紋蔵〉
佐藤雅美　お尋者〈物書同心居眠り紋蔵〉
佐藤雅美　老博奕打ち〈物書同心居眠り紋蔵〉
佐藤雅美　四両二分の女〈物書同心居眠り紋蔵〉
佐藤雅美　白い息〈物書同心居眠り紋蔵〉
佐藤雅美　向井帯刀の発心〈物書同心居眠り紋蔵〉
佐藤雅美　一心斎不覚の筆禍〈物書同心居眠り紋蔵〉
佐藤雅美　魔物が棲む町〈物書同心居眠り紋蔵〉
佐藤雅美　ちよの負けん気、実の父親〈物書同心居眠り紋蔵〉
佐藤雅美　へこたれない人〈物書同心居眠り紋蔵〉
佐藤雅美　わけあり師匠事《こと》の顛末〈物書同心居眠り紋蔵〉
佐藤雅美　御奉行の頭の火照《ほて》り〈物書同心居眠り紋蔵〉
佐藤雅美　江戸繁昌記〈寺門静軒無聊伝〉
佐藤雅美　青雲遙かに〈大内俊助の生涯〉
佐藤雅美　十五万両の代償〈十一代将軍家斉の生涯〉
佐藤雅美　千世と与一郎の関ヶ原
佐藤雅美　悪足掻《あが》きの跡始末　厄介弥三郎
佐々木　譲　屈折率
酒井順子　結婚疲労宴
酒井順子　ホメるが勝ち！
酒井順子　負け犬の遠吠え
酒井順子　その人、独身？
酒井順子　駆け込み、セーフ？
酒井順子　いつから、中年？
酒井順子　女も、不況？
酒井順子　金閣寺の燃やし方
酒井順子　昔は、よかった？
酒井順子　もう、忘れたの？
酒井順子　そんなに、変わった？
酒井順子　泣いたの、バレた？
酒井順子　気付くのが遅すぎて、
酒井順子　朝からスキャンダル
佐野洋子　嘘ばっか〈新釈・世界おとぎ話〉
佐野洋子　コッコロから
佐川芳枝　寿司屋のかみさん　うまいもの暦
佐川芳枝　寿司屋のかみさん　二代目入店
笹生陽子　ぼくらのサイテーの夏
笹生陽子　きのう、火星に行った。
笹生陽子　世界がぼくを笑っても
佐伯泰英　変《へん》化《げ》〈交代寄合伊那衆異聞〉
佐伯泰英　雷鳴〈交代寄合伊那衆異聞〉

講談社文庫　目録

佐伯泰英　風雲〈交代寄合伊那衆異聞〉
佐伯泰英　邪宗〈交代寄合伊那衆異聞〉
佐伯泰英　阿片〈交代寄合伊那衆異聞〉
佐伯泰英　攘夷〈交代寄合伊那衆異聞〉
佐伯泰英　上海〈交代寄合伊那衆異聞〉
佐伯泰英　黙《もっ》契《けい》〈交代寄合伊那衆異聞〉
佐伯泰英　御《お》暇《いとま》〈交代寄合伊那衆異聞〉
佐伯泰英　難航〈交代寄合伊那衆異聞〉
佐伯泰英　海戦〈交代寄合伊那衆異聞〉
佐伯泰英　謁見〈交代寄合伊那衆異聞〉
佐伯泰英　交易〈交代寄合伊那衆異聞〉
佐伯泰英　朝廷〈交代寄合伊那衆異聞〉
佐伯泰英　混《こん》沌《とん》〈交代寄合伊那衆異聞〉
佐伯泰英　断絶〈交代寄合伊那衆異聞〉
佐伯泰英　散《ざん》斬《ぎり》〈交代寄合伊那衆異聞〉
佐伯泰英　再会〈交代寄合伊那衆異聞〉
佐伯泰英　茶葉〈交代寄合伊那衆異聞〉
佐伯泰英　開港〈交代寄合伊那衆異聞〉

佐伯泰英　暗殺〈交代寄合伊那衆異聞〉
佐伯泰英　血脈〈交代寄合伊那衆異聞〉
佐伯泰英　飛躍〈交代寄合伊那衆異聞〉
沢木耕太郎　一号線を北上せよ〈ヴェトナム街道編〉
佐藤友哉　エナメルを塗った魂の比重〈鏡稜子ときせかえ密室〉
佐藤友哉　水没ピアノ〈鏡創士がひきもどす犯罪〉
佐藤友哉　クリスマス・テロル〈invisible×inventor〉
櫻田大造　「優」をあげたくなる答案・レポートの作成術
佐川光晴　縮んだ愛
沢村凜　タソガレ
佐野眞一　誰も書けなかった石原慎太郎
佐野眞一　津波と原発
佐藤多佳子　一瞬の風になれ　全三巻
笹本稜平　駐在刑事
笹本稜平　駐在刑事　尾根を渡る風
佐藤亜紀　ミノタウロス
佐藤亜紀　醜聞の作法
佐藤千歳　インターネットと中国共産党〈「人民網」体験記〉
斎樹真琴　地獄番　鬼蜘蛛日誌

桜庭一樹　ファミリーポートレイト
佐々木則夫　なでしこ力〈さあ、一緒に世界一になろう！〉
沢里裕二　淫果応報
沢里裕二　淫具屋半兵衛
佐藤あつ子　昭《あき》　田中角栄と生きた女
西條奈加　世直し小町りんりん
西條奈加　まるまるの毬《いが》
佐伯チズ　改訂完全版　佐伯チズ式「完全美肌バイブル」〈123の肌悩みにズバリ回答！〉
斉藤洋　ルドルフとイッパイアッテナ
斉藤洋　ルドルフともだちひとりだち
佐々木裕一　若返り同心　如月源十郎〈不思議な飴玉〉
佐々木裕一　若返り同心　如月源十郎〈闇の顔〉
佐々木裕一　公家武者信平《のぶひら》〈消えた狐丸〉
佐々木裕一　逃げた名馬〈公家武者信平㈡〉
佐々木裕一　比叡山の鬼〈公家武者信平㈢〉
佐々木裕一　公《く》卿《ぎょう》の罠《わな》〈公家武者信平㈣〉
佐々木裕一　狙われた旗本〈公家武者信平㈤〉
佐々木裕一　赤い刀身〈公家武者信平㈥〉
佐藤究《きわむ》　QJKJQ

2019年12月15日現在